U0898036

泊湖的密码

刘鹏程 著

合肥工业大学出版社

内容简介

在安徽宿松，泊湖、黄湖、大官湖三大湖泊连成一体，构成烟波浩渺的辽阔水域。作家以充足的文学准备和湖边生活的积淀，以湖区湿地生活环境为背景，抒写童年湖边的诗意生活，抒写自然山水对人心的洗礼；呼唤社会对湿地环境的关注，对人类家园意识的觉醒。

本书分《帆影摇曳》、《在水一方》、《临水荡漾》和《水声汩汩》等四辑。由湖的美丽指向天人合一，由水的清澈指向人心的纯净，构成本书的整体艺术取向。本书地域特点鲜明；突出人与自然的和谐主题；笔法富有诗意。

水的世界，湖的境界（序）

许　辉

安徽宿松县居长江和大别山之间，北为山区，南为湖区，山区面积较小，湖区面积广大。山区也有很好的水，例如钓鱼台水库，仲夏长昼，山水幽深，一叶小舟贴着山崖划过去，鸟鸣啾啾，远林蔚然，颇见深意。

湖区的水自然更加了得，却与山里的水大不同。我是在平原上长大的，所以我看泊湖、大官湖、黄湖、龙感湖的水皆如平原：开阔、坦荡、目穷千里、心驰万方。搭船在湖面前行，水天茫茫。水下和远方永远都隐藏着期待和神秘。永远都是行于水面的人渴望见到陆地、村庄、人家、牲畜，上了陆地却又渴望在水里航行的那份滋润、轻松、快意和对下一分钟、下一秒钟的翘首以待。

鹏程就是在宿松南部水乡的泊湖畔出生、在泊湖里长大的。人都是亲水的，一般来说，我们没有相应的准备、相应的知识和相应的体验去细致地看水、丰富地看水、深入地看水，我们只会笼统地、正面地看水，并且认可“上善若水，水善利万物而不争”的慧语。而泊在湖岸、漂在湖心，又有着丰富文学准备和情感储存的鹏程眼里的水、心中的湖，就与我们有着很大的不同了。他眼里的水，有雨水、露水、山水、泉水、湖水、童趣的水、乡情的水、惹事的水、生命的水、如镜的水、思想的水，而他心中的湖，则分大小、分季节、分深浅、分年齿、分境界，甚至还分男女。

“春水往往有些浑浊”，“秋水是澄明的”，“冬天的湖水有时候结满了厚厚的冰。”（《湖水是一面镜子》）这写的是季节之水，季节之湖。

“斑鸠咕咕叫的时候，母亲说，是天要下雨了。所以在听见很多斑鸠叫过之后，我常常喜欢看天，等着一场喜雨的降临。”（《一个人的天籁》）这是鹏程眼中的民俗之水，也浸透他寄景托物的亲情。

“水下的世界是那么的透亮，最初映入我们眼帘的就是水草，阔叶的麻叶草，细叶的猫尾巴草，长叶的土虾子禾，在我们的眼前摇曳着。不时也会有小鱼儿穿行在草叶之间，当它们看见我们的时候，一摆尾巴就快速地游走了。我们在水草之间游动，有时候像是行走在草原之上，那些鱼群就像羊群在草原上游移；有时候像是穿行在幽深的森林里，那些鱼虾就是飞奔的鸟兽。”（《水草像炊烟一样摇曳》）水世界多悠游柔顺，这一面的水形象成为我们精神的港湾，塑造了我们关于美好的价值观，也催生了我们缓和的意识：我们可以不再时时紧张万分。

“友汉将锚抛下去无数次，都无济于事，坚硬的水底，锚无法吃进去。在与风浪、与岩石的搏斗中，船不停地撞向岩石。接近天亮时，船已撞碎”，“他们含泪把船的碎板和三根桅杆搬上七号船运了回来”。（《黑旗帜》）水也有硬朗的一面，如果人把这样的惨烈认可为自然界对人的锤炼，人就会渐长刚强和不屈不挠的品格。

“当春天的雨水划破干燥的地表，涌入泊湖，泊湖就像一个受孕的农妇，腹部迅速地隆起。水草开始泛绿，鱼们开始跳跃，蚌壳开始走动……世世代代生活在湖边的人们，心事也开始暴涨。”（《泊湖的密码》）“大湖的水慢慢变浅了，没有风没有浪，沉静而且澄明，一眼见底，谁说不能望穿秋水呢？水草开始腐败，分不清的鹅卵石和河蚌露出水面，三三两两的渔船搁浅在湖滩上……一切开始水落石出。而岸上，那些曾经潺潺流动的水沟，早已经变细，变干，没有了声响。曾经被春水划破的地表，只留下一些弯曲的痕迹。”（《空旷》）水润万物，生机勃勃，转眼又沧海桑田，湖在不同的季节分成了男女、壮弱，湖和水的哲学内涵，绝不是一下子就能说清楚的，它既简单，又丰富，既单纯，又多义。

“如果说野鸭让我感到亲切和温暖，大雁开启了我最初关于蓝天和辽阔的想象，那么，白鹭，这种洁白而瘦弱的水鸟，就让我的童年懂得了忧伤。白鹭，一种善良而勤劳的水鸟，终年不离开我们的故乡，在湖边生活。我们在湖边放牛的时候，白鹭会飞过来，落在牛背上。牛会很安详地啃着草，或者悠闲地躺在湖滩上休息，享受着阳光丽日的美好。有时候，它们也会展翅，但它们的飞翔总是那样的温柔与和缓。在湖水的上面，那点点飞翔的白，仿佛一幅童年的装饰画。当冬天，湖水退去，露出浅浅的沙滩，在寒风中，只有白鹭，踮着瘦瘦的、高高的双脚，在水边辛勤地觅食。在这样的场景里，我会想起弯腰点种小麦的母亲，令人忧伤。”（《水鸟》）文化仿生使生物界成为一个整体，这样美妙、精典的场景和恰切的联想令人赞美、感叹、慨然。

“推着一辆自行车，沿湖边堤坝上的土路行走，并不时慢下来，朝那个苍茫的方向眺望——对岸就是我的老家”，“我从没有停止过对老家的眺望”。（《礼拜天的眺望》）水以及湖成为情感的中介，睹物及景，物是人非，都有相互铰连的牵延关系。

“他们终年住在水上，以水为家，以渔为生，在这里繁衍生息。我看见他们独特的结婚典礼，新郎划着一条崭新的船把新娘接来，然后两人划到密集的蒿禾林中，亲热过后，他们便高高地插起一面通红的旗帜，向他们的家人，向周围的水上人家，向他们世代崇拜着的泊湖宣告他们的忠诚。”（《渡过泊湖》）这就是生命的传承？更“生态”？更“原始”？更“劲道”？

“相比之下，我就最讨厌在村子里小池塘里游水了。因为我们的脚探下去的时候，踩在那种带有腐殖质的泥巴里，感觉很脏。而且，潜在水下的时候，睁开眼睛会有涩涩的感觉，可见度极低。我不喜欢。不像在大湖里，在水草的抚摸下，那么洁净，那么透亮，那么温暖而亲切。”（《水草像炊烟一样摇曳》）基于生活经验的臧否，也合乎人类最基础的价值评断。

“记忆中那个夏天的夜晚，和父兄们在泊湖边捕鱼。在虫鸣的合奏里，父兄们教我抛弃内心的杂质，倾听地气升起的声音。”（《地气》）人与天地的零距离交融，传统的生活方式里才蕴藏着纯种“原生态”的文化元素。

“在对一滴水的注视里”，“我看见了父亲的沉默，看见了墙脚下的那些黝黑的风帆和渔网的沉默”，“我看见了苍茫，看见了戴着斗笠、穿着蓑衣、佝偻着腰身的晃动的身影，看见了宿命般的隐忍和卑微。那生活在水边的父兄们，随意在船头上一站，就站成了让我们一生都无法解读的沧桑。那一叶扁舟，也只有划到湖水的中央，才能够真正摸清楚这片水域里有多深的蓝……”于是，“在一滴水的面前，它隐藏得很深的蓝，决定了我沉默低调的生活方式和文字姿态”。（《一滴水究竟有多蓝》）由一滴水的颜色和所处的深度，引展为一种价值判断标准，可见水文化的博大精深。

以上就是我们在这本书里看到的鹏程的水、鹏程的湖。

“我知道我的泊湖跟他们的完全两样，我们同时踏进的不是一个泊湖。”（《渡过泊湖》）

“这是我的眺望，是我一个人的礼拜。而在另一些地方，同样有另一些人，在以另一种方式眺望，以另一种方式礼拜。”（《礼拜天的眺望》）

“我不知道泊湖的年岁到底有多久，但我知道我的泊湖和后生们的泊湖已经不一样了。我的泊湖是千帆竞发的泊湖，是荷花菱角茂密的泊湖，是渔火点点温暖寂静的泊湖，是大雁天鹅栖歇的泊湖……而他们的泊湖是汽艇飞驰的泊湖，是没草没鸟的单调的泊湖，是网屏分割甚至电网偷窃的泊湖……”（《泊湖的密码》）

世界上有很多很多的湖，但在鹏程的眼里，那些湖却只有一个：泊湖。对鹏程而言，世界上所有的湖都只有一个名字“泊湖”。而如果世界上还有其他的湖的话，那世界上所有的湖又都不如他的湖：泊湖。

在鹏程眼里、心里，泊湖的湖，泊湖的水，不仅富含人类日常生活经验，以及取之不竭的情感资源，而且蕴藏着丰饶的文化元素。坚持于泊湖的题材、泊湖的样式、泊湖的结构，甚至泊湖的大约字数和篇幅，并且大体上能够避开单调单一，就使这本书的整体显现出一种有规律的形式之美，虽然还不纯粹。

“我们沿着泊湖的边上，或者湖头汊尾，在水面上划一个半圆把网放下，然后从网的两头往岸边一步一步地拉，最后收网。那种青丝网足足有两三百米长，往往两三个小时才能收获一次。收网的时候是最快乐和幸福的，这时候，我们最盼望的是能网住一个‘鱼团子’。”（《渡过泊湖》）

我期望有朝一日，能在鹏程的引领下，专程到泊湖去，去看水草，拉青网，练水性，看泊湖的春夏秋冬。但我也知道，我们眼里和身边的泊湖肯定不是鹏程心中的泊湖，他心中的“泊湖”已经形而上为他的一种道德旗帜，一种慎重的景仰，一种天人合一的符号，一种男性的拥有和至上的尊严……那不再是“泊湖”，那是一种尊崇。

2011年6月28于合肥淮北佬斋

（作者为安徽省作家协会常务副主席、秘书长）

目　录

水的世界，湖的境界（序） ………………… 许　辉（001）

第一辑　帆影摇曳

渡过泊湖 ……………………………………………………（003）
黑旗帜 ………………………………………………………（006）
水草像炊烟一样摇曳 ………………………………………（010）
荡漾 …………………………………………………………（012）
湖水是一面镜子 ……………………………………………（014）
一滴水究竟有多蓝 …………………………………………（016）
消逝的帆影 …………………………………………………（018）
水鸟 …………………………………………………………（020）
水鬼真是个鬼 ………………………………………………（022）
泊湖的密码 …………………………………………………（024）
忧伤的湖滩 …………………………………………………（026）
蓝：你不老，我也不老 ……………………………………（028）
礼拜天的眺望 ………………………………………………（031）
哦，蒿禾林 …………………………………………………（033）
少年的雨 ……………………………………………………（036）
从水路回家 …………………………………………………（038）

第二辑　在水一方

空旷 ……………………………………………………（043）
地气 ……………………………………………………（045）
一个人的天籁 …………………………………………（047）
天光 ……………………………………………………（049）
草尖上的露珠 …………………………………………（051）
大水 ……………………………………………………（054）
大水哥 …………………………………………………（056）
我的童年在村子里晃荡 ………………………………（058）
独坐清明 ………………………………………………（060）
返回 ……………………………………………………（062）
遥远的端阳 ……………………………………………（064）
雪，水的舞蹈 …………………………………………（066）
在前世今生和来世之间走动 …………………………（069）
在乡村和城市之间走马观花 …………………………（071）
稻草人 …………………………………………………（073）
回家 ……………………………………………………（075）
异乡的温暖 ……………………………………………（077）
献出一些血 ……………………………………………（079）
感谢初恋 ………………………………………………（081）
木子三美 ………………………………………………（083）
我的女儿 ………………………………………………（085）
“圈养”与“放养” ……………………………………（087）

第三辑　临水荡漾

寂寞梨花坞 ……………………………………………（091）
漂泊九井沟 ……………………………………………（093）
温暖来自大地的心跳 …………………………………（095）
尘埃，我的尘埃 ………………………………………（097）

蓝的深处 ……………………………………………………（099）
虚无的明堂山 ………………………………………………（101）
穿越岷江大峡谷 ……………………………………………（103）
深入白崖寨 …………………………………………………（105）
梭罗的风景 …………………………………………………（107）
荡漾在日常的意味里 ………………………………………（109）
这个夏天的孤独 ……………………………………………（111）
过长江 ………………………………………………………（113）
诗意的回归 …………………………………………………（115）
八十年代的诗意 ……………………………………………（118）
语言的节制 …………………………………………………（120）
人生无从说出 ………………………………………………（122）
流水无法砍断 ………………………………………………（124）

第四辑　水声汩汩

河流 …………………………………………………………（129）
露珠 …………………………………………………………（130）
千年之水 ……………………………………………………（131）
水乡孩子 ……………………………………………………（132）
淡蓝的星 ……………………………………………………（133）
回家 …………………………………………………………（134）
还乡 …………………………………………………………（135）
倾听水声 ……………………………………………………（136）
大地上的河流 ………………………………………………（137）
干河 …………………………………………………………（138）
秋水的微笑 …………………………………………………（139）
凝望秋水 ……………………………………………………（140）
雪花为谁而舞 ………………………………………………（141）
二泉映月 ……………………………………………………（142）
泉 ……………………………………………………………（143）
小村的祝福 …………………………………………………（144）

奔跑的闪电 …………………………………………………………（145）
民间灯戏 ……………………………………………………………（146）
民间酒席 ……………………………………………………………（147）
民谣 …………………………………………………………………（148）

附　录

生命经验的诗意表达 ………………………………… 罗会珊（153）
梦幻童年之颂歌 ……………………………………… 黎在珣（155）

以水为镜（后记） ………………………………… 作　者（158）

第一辑

帆影摇曳

我出生在泊湖的边上，我童年和少年的梦想都与泊湖有关。

在一号船的身上，一个少年男人早早地体验了庄严与悲壮。像一面大旗，它浸染着我早年对于远方和苍茫的全部理解。

一号船的消失，让我开始去寻找通往远方的其他路径……

渡过泊湖

我要到泊湖的对岸去。穿过阳光下宽阔的湖面，隐隐约约望见远方的村庄，那边是望江。船经过湖面掀起白花花的水，发出细细的、温暖而又亲切的声音。这是我 20 年以后第一次踏进泊湖，并且要渡过泊湖的水面。

我出生在泊湖的边上，我童年和少年的梦想都与泊湖有关。今天我再次踏进泊湖，并非寻梦，而是要到对岸的那个水产开发公司去，目的是要完成一次新闻采访。这些年，泊湖已经被网屏黄金分割成许多养殖公司。这次和我同行的四五个人，他们或者兴致盎然，或者若无其事。我知道我的泊湖跟他们的完全两样，我们同时踏进的不是一个泊湖。

实际上，现在渡过泊湖只是一眨眼的工夫，因为船是飞快的。在我看来，纯粹一种象征。确切地说，我们乘坐的船不是真正意义的船，至少我在心底始终拒绝把它叫做船，而把它叫做汽艇。我想，真正的船是我 20 多年以前的船，那种划着桨或扯着帆的船。现在那种船已经愈来愈少了，取而代之的是汽艇、机船之类。而装载我沉甸甸的梦想的，是划着四支桨，或者六支桨的渔船，至今它留给我的仍然是生命不能承受之重。在我少年的时光，我就是在这种船上跟我的族兄们打青丝网。也是像现在这样的夏季，湖水满涨，湖面宽阔。我们的渔船从村子的堰坝上出发，趁夜间凉快，日落而作，日出而息。我们沿着泊湖的边上，或者湖头汊尾，在水面上划一个半圆把网放下，然后从网的两头往岸边一步一步地拉，最后收网。那种青丝网足足有两三百米长，往往两三个小时才能收获一次。收网的时候是最快乐和幸福的，这时候，我们最盼望的是能网住一个“鱼团子”。那种成群的毛鱼有时候一网就能把船装得满满的，于是我们会幸福地回家。当然，有时候也收获甚微，这时我们便是最疲惫的时候。但不管怎样，我们的亲人——我的母亲，还有族兄们的堂客，都会早早地站在堰坝上等候我们平安地归来。

船行得飞快，掀起细细的、嗞嗞的水声。其实我记忆中的水声是那种缓缓的、一串一串的、咕咚咕咚的声音，珠子一般的明亮。现在，它好像从 20 多年前缓缓地回响过来，并且逐渐地清晰。我回头望见了我老家的村庄，它却在逐渐地远去，逐渐地模糊，好像要退回到时光的深处。我也望见了我老家的那个湖汊——高家塞，正是这个高家塞，留给了我许多神奇的记忆。有一年冬天出奇的冷，湖面上结满了厚厚的冰层，各色各样的鱼被冻结在冰上，好像生物化石的标本。我们扛着鱼叉从冰面上打了不少鱼。又有一年一个初春的下午，一阵西风硬是把湖汊里浅浅的湖水吹走了，吹到了泊湖的深处。这时候，一种叫做乌贼的鱼没有随水而走，它们留在了湖底的泥巴上，人们背着背篓到湖里拾着满篓的乌贼。也正是这个高家塞，在我的心底烙下了痛苦的痕印。那是一个晚秋的季节，湖水退得浅浅的，变得冰凉，人们每天穿着齐腰深的裤靴在湖汊里摸河蚌，因为那年的河蚌价格奇高。突然有一天下午，一场东风把泊湖深处的水吹到湖汊里来了，湖汊里一时水涨，我们纷纷上岸，而没等我的两位堂兄上岸，水就把穿着笨重的裤靴的他们给淹没了……

随着飞快地行驶，不觉船开始进入望江的水面，这里不像我记忆中的生满蒿禾的望江。那时候，我们每年的秋天都要到属于望江的湖上去割蒿禾，以备足一年的柴火。割蒿禾，是我对望江和泊湖对岸的最初认识。我们很多人同坐一条船，划到望江的蒿禾林中，然后分散，各人垒起一个蒿禾排。垒一个蒿禾排需要两三天的时间，这几天我们就在蒿禾排上吃喝拉撒睡，这中间最苦的是夜间，水上蒿禾林里的蚊子特别多特别大。当蒿禾排连日带夜从望江撑回家的时候，我母亲一年的柴火就无忧了。在望江的蒿禾林里，我认识了另一类渔民的生活，他们祖籍盐城，不知从哪时起在这里生活。他们终年住在水上，以水为家，以渔为生，在这里繁衍生息。我看见他们独特的结婚典礼，新郎划着一条崭新的船把新娘接来，然后两人划到密集的蒿禾林中，亲热过后，他们便高高地插起一面通红的旗帜，向他们的家人，向周围的水上人家，向他们世代崇拜着的泊湖宣告他们的忠诚。只可惜，今天，这一切，包括往日的蒿禾林，在我们的眼前消失了。

现在，船靠岸了，我们和船已经飞快地完成了一次渡过。可是，这样的渡过让我孤独，因为我无法真正地进入泊湖；甚至让我产生了一种莫名其妙的感觉——我似乎仍然停留在泊湖的此岸。

但是，我思想的船，那种古典的船，已经从我的内心开始，向着我一个人的泊湖出发……

黑 旗 帜

我想说说三十年前的一条船，一条大木船。说说它那浸染沧桑的黑色的大帆，是怎样在一个少年男人的内心竖起、飘扬，直至倒下。它自从1954年加入马山大队船业队，到1978年碎身于大湖，这期间一直是一千多号马山人心中的旗帜。

它是马山船业队的一号船。一号船就是它的名字。

马山大队位于大湖边上的一个半岛，一千多号人祖祖辈辈靠渔业为生。50年代土改的时候，船自然都要收归集体所有。马山大队把吨级以上的船组织起来，建成船业队，船的东家也一并吸收到船业队，各人依然驾驶自己的船。马山船业队一共有七条船，按照载重量大小依次取名一号船、二号船……它们终年在大湖和长江上从事货物运输，作为马山大队集体副业。船业队就设在我们小村附近的油坊里，平时，船就停靠在我们小村附近的湖汊里，这里也就是它们的港湾了。而我们小村的放牛娃们也总是在这个湖滩上放牛。在这个湖汊里，就是这些船，特别是一号船，温暖了我整个的少年时光。

一号船是最大的一条船，它的载重量达到十吨，帆也是最高的，而且是这里唯一装有三叶帆的船。一号船无疑成为马山人征服大湖和长江的象征，更是我们的崇拜。一号船的船老大名字叫友汉，是个四十岁左右的大汉子，高大的个头，黝黑的肌肤，与船和帆的颜色是如此的协调。一号船出行之前，友汉用力地依次扯起三叶风帆，我和我的伙伴们会站在岸边，注视着上升的帆，像注视着一面大旗，慢慢升到桅杆的顶端。这时候，巨大的风帆几乎遮挡了我们头上的半个天空。出行的时候，我们庄严地目送着它离开岸边，开向大湖的中央，慢慢地由大变小，变成一个小黑点，逐渐消融在辽阔而旷远的水域里。

在这个港湾里，我们七个放牛娃与这七条船和它们的船老大结成了深厚的友谊。他们的船归来的时候，总是被我们远远地望见，我们会早早地来到岸边，拥上去迎接他们；他们去船业队驻地油坊里吃饭的时候，我们也会跟上去，有时他们会盛些给我们嘴馋的孩子。为了分配好这个“友好资源”，我们七个孩子商议，每个人只能和一个船老大做朋友，每个人只能“拥有”一条船。但是，我们每个人都想占一号船和友汉做朋友。最后我们通过摔跤比赛决定，按照个子高矮和力气大小，依次对应一号船至七号船，并和它的老大做朋友。因为我的个头最高，力气最大，我光荣地“拥有”了一号船，并可以和友汉做朋友。我们孩子的决定得到各船老大的一致赞同。此后，非特殊事情，我们只允许一对一联系，我只能在一号船上玩，只能与一号船老大友汉说话。每年的夏天，船都一律安排在河滩上“验船”（即上岸修补破损、涂抹桐油等，以保证一年的行船安全），我们都会在自己的船下面乘凉，和正在验船的老大说着话。因为规定，平时我们和老大都是直呼其名，毫无顾忌。几年来，我们都遵守着这样的约定。友汉成了我真正的大朋友。

一号船的归来、出行、验船，都与我有关。船归来时，我会上去迎接；出行时，我会挥手送别；验船时，我会帮友汉打杂。特别是船出行的时候，我会在内心里默默地为我的一号船和我的朋友友汉祈祷，祝福他们平安。我也总是想象着，长大了一定要开一条像一号船这样的大船，去大湖大江里，去大风大浪里，完成一个男人的理想。

直到1978年的冬天，一场大风破碎了我的梦想。

一个大风的晚上，我们正在家里吃着晚饭，菜盘子里一条鱼有一边鱼肉吃完了，我拿筷子去翻过来吃，嘴里还说着：“我把它翻过来吃”，这立即遭到父兄的一阵臭骂。因为湖边人有忌，吃鱼时不能说“翻”字，意即翻船，是不吉利的。整个晚上我都在自责，我总担心因为我的失口影响我的一号船的安全。我也总在想：一号船现在在哪里？它是否靠岸了？

到第二天早上风就停了，下午，我们几个孩子早早来到湖边，等待船们的归来。不久，望见一条船正朝我们过来，近了，知道是七号船。七号船的朋友是我的矮个子伙伴自来，靠岸的时候，自来迎上去。我们看见七号船上装载着一船散乱的木板，还有三根大桅杆躺在上面。突然间，我看见友汉从七号船上走下来，此时友汉也看见了我。我正要迎上去，友汉却不说话，表情凝重，满脸的胡碴似乎一夜之间长粗了许多。友汉下到岸上，朝我走来，只一把牵住我的手，朝油坊方向走去，依然不说一句话。我去看他的脸，两行浊泪印在脸上——我知道一号船出事了。

黄昏时，坐在油坊的一角，友汉抽着旱烟说话了，他告诉我，一号船出事了。

头天晚上起大风的时候，一号船从江上返回正行至大湖的中央。湖中一时大浪滔天，友汉把风帆全部放下来，减少风力。但是大船依然在大浪中急剧地颠荡，友汉不得不临时寻找近岸。由于天色漆黑，靠向最近的岸竟然是石头埠，他想调头都来不及了。因为石头埠水边全部是大岩石，船靠上去会在大风大浪中击撞岩石，那会是一场灾难。友汉将锚抛下去无数次，都无济于事，坚硬的水底，锚无法吃进去。在与风浪、与岩石的搏斗中，船不停地撞向岩石。接近天亮时，船已撞碎。友汉，这个与船与水为生的大汉子，最后死死抱住大桅杆，直到风浪停息。早上，被归航路过的七号船发现救起。回来时，友汉硬说要把他的一号船带回家。他们含泪把船的碎板和三根桅杆搬上七号船运了回来。

一号船，这条在大风大浪里历练了几十年的大船，就这样碎身于大湖。一号船破碎以后，马山船业队像失去了主心骨，到 1980 年就解散了。

在一号船的身上，一个少年男人早早地体验了庄严与悲壮，像一面大旗，它浸染着我早年对于远方和苍茫的全部理解。一号船的消失，让我开始去寻找通往远方的其他路途……

水草像炊烟一样摇曳

炊烟在每一个游子的内心，永远是故乡和母亲的代名词，是温暖和亲切的象征。那种来自村庄，摇曳着，缓缓上升的蓝色的炊烟，永远是那些从田园里走出来的人心底的依恋。而我故乡大湖里的水草，就像炊烟一样，一直摇曳在我的记忆里，成为我内心里挥之不去的思念。

我出生在泊湖的边上，我童年和少年的梦想都与泊湖有关。那些温暖而亲切的水草，那些名叫土虾子禾、猫尾巴、麻叶草的水草，无论是从水面看，还是在水里睁眼看去，都是那样的柔软。水草摇曳在温暖的湖水里，清澈在我童年的心里。

我一直认为我的祖先是最有智慧和最有灵性的祖先。他们选择临水而居，在水边建起自己的村庄，一代一代以水为生，在水边繁衍生息。而那些水草，甚至比我们的村庄还要久远。是我们的祖先让我们与水草为伍，把根种在湖水里，让水草带给我们柔软、洁净和透亮，带给我们旺盛的生命力。

当我们的渔船在湖水里划行的时候，那些水草在小浪的簇拥下摇曳着，缓缓让开一条水道。它们仿佛我们的家禽那样，与人性相通。而当我们泡在温暖的湖水里，水草抚过我们的肌肤，是那样的柔软和亲切。我们潜入水下，睁开眼睛，那又是一番神奇的景象。水下的世界是那么的透亮，最初映入我们眼帘的就是水草，阔叶的麻叶草，细叶的猫尾巴草，长叶的土虾子禾，在我们的眼前摇曳着。不时也会有小鱼儿穿行在草叶之间，当它们看见我们的时候，一摆尾巴就快速地游走了。我们在水草之间游动，有时候像是行走在草原之上，那些鱼群就像羊群在草原上游移；有时候像是穿行在幽深的森林里，那些鱼虾就是飞奔的鸟兽。不管怎样，这个时候，它们都是我们最亲密的朋友了。还有水草下面的软泥或者细碎的沙石，就和丰富的水草一样洁净。在水草里，往往匿藏着一些各色各样的河蚌，有时候河蚌会张开它的壳，夹住我们的脚趾头。那种痒痒的小痛，至今想起来依然是无比亲切。

相比之下，我就最讨厌在村子里小池塘里游水了。因为我们的脚探下去的时候，踩在那种带有腐殖质的泥巴里，感觉很脏。而且，潜在水下的时候，睁开眼睛会有涩涩的感觉，可见度极低。我不喜欢。不像在大湖里，在水草的抚摸下，那么洁净，那么透亮，那么温暖而亲切。

暂时，我离开了我童年的村庄，离开了湖水，离开了我的水草。但是，水草依然摇曳在我的故乡，摇曳在我故乡的湖水里，依然摇曳在我的心里，像炊烟一样。

它也依然在抚摸着另一些人的童年。

荡　　漾

我喜欢荡漾这个词。因为这个词对于我并非一个词，一个动词，而是一幅画，一幅古典的画。三十年以来，它一直荡漾在我的内心里，不曾休止。

这是一幅怎样的画呢？是一群光屁股小孩，在夏日的湖水里嬉戏；一条轻轻晃荡的乌篷船，停泊在湖水的中央；一群手臂像莲藕一样的小母亲，嬉笑着在湖边上浣衣，笑声在湖面上荡漾……

这是我童年的一幅画。在小学里，老师教我们这个词的时候，就是如此描述，我们就如此地记牢了。以至后来全乡组织考试，有一个关于荡漾这个词的题目，我们村的学生都答对了。一向表情严肃的杨老师这天脸上绽开了笑容：这 3 分是大家“玩”出来的，不应该算！杨老师的笑容也连同这个词定格在我的记忆里了。

这是夏日的早晨，清凉的湖水，波平如镜，总是我们首先打破湖水的宁静。牛被我们牵到湖滩上。饥饿的牛啃着带露的青草，不时朝湖水中张望，点点白鹤落在牛背上。我们把船荡到湖的中央，柔软的波浪一圈一圈的荡开去，荡到远方水天一线的地方。阳光开始耀眼的时候，晒得人开始难受的时候，我们开始下水。

我们下水的方式非常夸张。大家光着屁股站在船舷上，一字排开，背对着水面，手捏鼻子，屏住呼吸，一齐跌入水中。顿时，水花四溅，小鱼儿跳跃。这种游戏被我们称作“摔门板”。“门板”摔下去的时候，屁股和背膀砸在水面上，有些微的疼痛。但是，水声和笑声，将幸福和快乐荡到了我们童年的最远处。相较而言，在深水区扎猛子，技术性就要高多了，有点像跳水运动。几个人从船上向水里一齐扎下去的时候，溅起点点的水花，于是有小小的水波缓缓地荡开去。

每当夜晚的时候，我们偶尔也会在自家的船上睡。傍晚，我同父兄一起收丝网，船在湖面上荡漾，丝网一条一条的从水里收起。闪亮的跳鱼儿，在暮色里闪烁着星星一样的光芒，照亮了我童年的梦想。夜深了，湖面上点点渔火，月亮和星星，也晃荡在墨绿的湖水里。躺在乌篷船里睡下，是那样的宁静和安逸。梦就泊在这里，船就是我的摇篮，我在荡漾中成长。

这就是我的梦里家乡。如今我早已经离开了她，时光像流水，不断地向着远方流去。城市里坚硬的钢筋水泥，填埋了内心里许多柔软的部分。但这荡漾的童年和湖水，永远镂刻在我的记忆里了，愈来愈充满了古典的意味。

我曾写过一本书，名字叫做《水的微笑》。我想，那宁静而辽阔的湖面，就像一张慈祥的脸，像我宽厚的父亲和仁慈的母亲。而那微微荡漾的水浪，就像他们的微笑。也正是这微笑，一直照亮着我此后三十余年的路程。

至现在，我依然荡漾在这古典的微笑里。

湖水是一面镜子

我不知道古人为什么要用铜做镜子，水不就是很好的镜子吗？现代人为什么又总要用玻璃做镜子？他们一定是遗忘了水，多么柔软的水啊。

我们所见到的考古出土的铜镜，早已经锈迹斑斑，看不出历史的影子了。而现在，面对玻璃镜子，我们往往总是小心翼翼，以免碰碎。但是，现实里破镜总是难免的，我们也总是被它坚硬而锋利的碎片，刺痛过几多美好的心情。

一直以来，我就是以水为镜子。确切地说，是以我故乡的湖水为镜子。

我出生在大湖的边上，湖水曾经照着我整个的童年。现在，通过湖水，我还能看见我赤裸的童年，是那样的清晰而透彻。这是夏天的湖水，一面偌大的镜子。两岸的青山倒映在湖水里。母亲们在湖边洗衣，她们以水为镜，在水边梳妆。古典的帆影，摇曳在湖水的中央。我的童年就定格在这透明的湖水里。

春水往往有些浑浊，但这丝毫不会影响我们。相反，我们从中看见了水奔跑的过程，水从天上哗哗啦啦落下，从山脊上纷披滑过，从小溪里潺潺流来。从春天的湖水里，我们看见了绿意，看见了万物的生机。草开始返青，鱼开始苏醒，我们也开始了一生向往。

而秋水是澄明的，沉静而深邃。秋水的映照更令人透彻，三三两两的几片落叶，漂在水面，更像一个人中年的心境。人到中年的时候，往往更需要水的照耀。古往今来，有多少人能够望穿秋水呢？小的时候，我们不懂秋水，只感觉到湖水微微的凉意。我们跳入秋天的湖水，懵懂地打破它的沉静，喧闹在一望无边的深邃里。

冬天的湖水有时候结满了厚厚的冰层，它照不出我们的影子，我们只能看见冰面下冻结的鱼，像我们小学课本里的标本。但是，我们知道这象征着一年的终结，我们从这里盼望着过年，以及又一个春天的到来。

现在，生活让我远离了湖水。面对城市坚硬的钢筋水泥，好久的一段时间，我丢失了一面镜子。我因此看不清楚自己的模样，也看不清自己的影子，是城市里那些虚幻而闪烁的霓虹，覆盖了我们内心的远景。然而，湖水依然在远方，在故乡的怀抱里，映照着。那里面依然有我的影子，有我出发的影子，也有一条清澈的路，等待着我的回归。

是啊，现代城市的生活，让我们的思想变得愈来愈坚硬，而我们的心灵，更需要湖水柔软的抚慰。也因为湖水的映照，我们的生命会更加清晰而透彻。

湖水，这一面偌大的镜子，是那样的深邃，它仿佛照着我的前生和后世。

一滴水究竟有多蓝

小时候，书本上说，水是无色无味透明的液体。可是我一直不这样认为，我不同意这样的说法。我认为水是蓝的，书上一定是弄错了。水不是蓝的吗？我从一出生，睁开眼睛，看见的就是湖水，蓝莹莹的湖水。湖水不是水吗？谁说水不是蓝的？

看到这样的说法，我不知道有多伤心。从此以后，我就一直在观察，一滴水究竟有多蓝？

我在蓝莹莹的湖水边长大，一滴水究竟有多蓝？一滴水的蓝里到底有些什么？我一直在思考着这样一个既简单而又复杂的问题。

湖水是那么辽阔。就是那种辽阔的蓝，为我的童年打开了一道思想的天地。那种一望无边的蓝，是一条路，父兄们的渔船载着我童年的想象通向遥远，通向未来。而一滴水里的蓝，也只有我们湖边的孩子才能够看见。蓝盈盈的湖水被抽水机抽到干旱的田地里，那种蓝就变成了绿，变成了无边无际的绿。

那个时候，机站的抽水机“突突突……”，每日每夜地抽水。平静的湖水通过水泵被抽到山顶上，然后通过水渠流到每一块干旱的田地里。我仿佛看见了蓝，流到每一棵禾苗的心里。我们曾经和水一起奔跑，和水一起，从湖里出发，看谁最先跑到山顶，最先跑到田地里。

从水泵的喷口射出的水，掀起簇簇水花。那水花和我们快乐的笑声糅合在了一起。多年以后，想起那水花，我就泪眼模糊。透过记忆里的水花，我看见了我的母亲，一个生在水边，长在水边，又埋在水边的女人。水囚禁了她们一生的香气。她们曾经水灵灵的、风掀起红头巾的娇美，经不起一滴水花的绽放，就那样凋谢了。她们汗水浸渍的笑容，还没来得及一次真正的舒展，就像水一样流向遥远了……

在那一片有些忧伤甚至疼痛的蓝里，我看见了父亲的沉默，看见了墙脚下的那些黝黑的风帆和渔网的沉默。在对一滴水的注视里，我看见了苍茫，看见了戴着斗笠、穿着蓑衣、佝偻着腰身的晃动的身影，看见了宿命般的隐忍和卑微。那生活在水边的父兄们，随意在船头上一站，就站成了让我们一生都无法解读的沧桑。那一叶扁舟，也只有划到湖水的中央，才能够真正摸清楚这片水域里有多深的蓝……

我不知道你是否真正观察过一滴水的蓝，那种蓝是蓝在人的心里啊。

在一滴水的面前，它隐藏得很深的蓝，决定了我沉默低调的生活方式和文字姿态。在对一滴水的观察中，我把蓝作为自己永远的生存背景。我想，对我来说，这是一条有爱的路。在这条路上走，我痛着，我幸福着。

消逝的帆影

我发现，现在我越来越喜欢国画了。我之所以喜欢国画，也许是因为，在每一幅山水国画里，都少不了帆。正是这帆，飘到了我的心坎上，打开了我的童年之门。也正是这帆，引领着我童年遥远的向往。

现在，帆船已经消失了，只存在某一些人的记忆里，似乎所有的水域都已经开发。湖水被黄金分割成大大小小的养殖公司，江河被开发成运输水道，要不就成了风景区，成了公园，内里充满了众多的亭台楼阁。而在这些水面上划行的船，是一些机船、汽艇、拖驳子之类。当然，这些船在我的内心里永远都不是船，我内心里的船，是童年故乡大湖上的那种黝黑的船，那种已经消逝了的帆船。

船真的离我愈来愈远了，现在，我要记下我的船。船的颜色一律是那种古铜色，与船民的肤色是那样的一致。船的构成除了木质的船身外，就是船桅、风帆、舵、锚、披水等等。船桅是笔直的，它支撑着风帆。几根桅杆竖在船上，给人一种庄严的感觉，如果说帆是一种旗帜，那么桅就是旗杆了。帆是船行走的动力，它的使命就是与风亲密接触，迎接风赐予的力量。我还清楚地记得，逆风行船的时候，必须起帆走“之”字形的路才行，那是让帆巧妙地利用风的力量。舵是一艘船的方向，也是船的灵魂。只要船在行走，无论是微风习习，还是大风大浪，船老大都不会离开舵的。如果是大船，那还得配有经验丰富的老者做专门的舵手了。锚是船头上那个四脚丫丫的铁家伙，船要是靠岸了，或者要在水中停下，那就只要把锚往下一扔，锚钉在泥土里，船就停下了。披水，就是装在船身两边的厚厚的大木板，行船的时候，披水吃到水下，既保证船沿直线往前方行走，又能保证船在大风大浪里不会翻船。

至于“翻”字，那是我们湖边人最忌讳的，因为我们最怕的就是翻船。平时总不会说出“翻”字，即使要说，那也要避开，不要说出口。一旦说出就是罪过了。譬如，吃鱼的时候，如果一边鱼肉吃完了，要翻过边来吃，那必须得用“划”字代替“翻”说过去。翻船是最可怕的事情，如果一阵突发大风，来不及放下风帆，或者把舵不小心，都会造成翻船。船翻的时候，一开始是船身在湖水里侧着，这是因为有船桅杆和风帆在水里支撑着。一段时间的风浪打击之后，桅杆会慢慢从船身抽出来，造成船桅与船身的分离。这时候，船身就会倒扣在水里。如果这之前人没有逃离或者被救起，就会无处安身而危及生命。

为保证行船的安全，每年，每一条船都要上岸维修一次，我们把这叫做“验船”。先把船的桅、帆、舵、披水、锚等卸掉，将船身拖上岸，然后倒扣在岸边，进行一段时间的修补维护。船“验”好以后再下水，继续它的行程。

对于我们湖边的渔民来说，船几乎是全部的家当。我们在岸上可以没有房子，在水上却不能没有船。一条新船的下水仪式是隆重的，必须披红挂彩，鞭炮齐鸣，亲戚朋友一起喝酒，祈祷一年四季行船的平安。

这就是我故乡的船，我童年的船。也是现在只存在于国画里和一些人内心里的船。

水　　鸟

我故乡大湖里生活着许多的水鸟。水鸟是我童年的朋友，它们温暖着我的童年。人一旦真正进入大湖，水鸟就把他当做朋友。你要想亲近水鸟，就必须下水。

但是，我从来就没有真正地接近过一只水鸟，它们始终让我们之间保持着一定的距离，让我有一种距离感。这种距离感并非生疏感、陌生感，而是一种让人无法抵达的感觉，一种想不断靠近的感觉。但是，就是这些水鸟，带给我们最早关于飞翔的想象。

夏天的时候，进入湖水，首先把我们当做朋友、当做玩伴的就是野鸭。这个时候，成群的野鸭会从蒿禾林里游过来，游到我们的附近戏水，但与我们始终保持着一定的距离。如果有谁想过去逮它们，就会被同伴笑话，因为你永远都无法靠近它。有时候，我们会到蒿禾林里去寻找野鸭窝。野鸭窝很简单，它们将几枝蒿禾折断，搭在一起，然后往上一蹲，就成了窝。在野鸭窝里，我们只得到过鸭蛋，但从未逮着过一只小鸭子。我们知道，野鸭一出生就会水，游走了。有时候，平静的湖面上，突然一只野鸭起飞，紧贴湖水，足尖点在水面，扇动翅膀，“叽——”的一声，朝远方飞去，在湖面上划过一道优美的痕迹。

冬天的时候，成群的大雁会落在我们的湖里过冬。雁，这种硕大的鸟，我们也把它称作水鸟，虽然在更多的人眼里，大雁高高飞翔在辽阔的天空。雁不像野鸭，它们与人类保持着更远的距离，保持着更大的警惕。一般情况下，它们往往选择在湖中没有水草遮蔽的空旷而辽阔的水域。那时候，我就想，大雁毕竟来自天空，也许热爱辽阔就是它们的秉性吧？我们只能远远地站在岸边，遥望着成群的大雁，降落在大湖的中央。感觉近在咫尺，远在天涯。那时候，我们渴望着亲近大雁，现在想来，那是多么的幼稚啊！

如果说野鸭让我感到亲切和温暖，大雁开启了我最初关于蓝天和辽阔的想象，那么，白鹭，这种洁白而瘦弱的水鸟，就让我的童年懂得了忧伤。白鹭，一种善良而勤劳的水鸟，终年不离开我们的故乡，在湖边生活。我们在湖边放牛的时候，白鹭会飞过来，落在牛背上。牛会很安详地啃着草，或者悠闲地躺在湖滩上休息，享受着阳光丽日的美好。有时候，它们也会展翅，但它们的飞翔总是那样的温柔与和缓。在湖水的上面，那点点飞翔的白，仿佛一幅童年的装饰画。当冬天，湖水退去，露出浅浅的沙滩，在寒风中，只有白鹭，点着瘦瘦的、高高的双脚，在水边辛勤地觅食。在这样的场景里，我会想起弯腰点种小麦的母亲，令人忧伤。

其实，在我故乡的湖边上有一片原始树林，我曾经在那里面亲近过各种各样的鸟，但没有哪一种鸟能像水鸟一样，带给我丰富的感觉，开启我最远的想象。

水鬼真是个鬼

水鬼真是个鬼，它是遮蔽在我童年的一道阴影。因为在我故乡的湖湾里，传说就是它夺去了我一个伙伴的性命。在童年的心里，我一直是以水鬼为敌。

我出生在湖边，祖祖辈辈以水为生，在水里捕鱼，向水讨生活。水是我们通向外界的主要路途，船是我们重要的生产生活的工具。要获得生活的本领，谁都必须会水，必须拥有良好的水性。在故乡大湖的怀抱里，每一个人的童年，都要学会与水为伍。

为了让我们获得生存的本领，从小，我们的父兄就要把我们赶下水。大约四五岁的时候，他们就把我们从岸边高高的悬崖上，向湖水里扔下去，让我们呛水。我们在自救的过程中获得水性。

平常，我们会在湖湾里自由地戏水，有时候会把船划到湖水的中央，到深水区去，玩“摔门板”、“扎猛子”、潜水、打水仗等。父兄教导我们，下水一定要有几个伙伴在一起，以保证生命安全。那时候我们不懂安全，父兄就告诉我们，水里有个神秘的怪物名叫水鬼，它会在你不小心的时候把人拖入水里，以致淹死。我的一个小伙伴大龙，就是一个人游水的时候淹死的。

大龙是个水性极好的孩子，他在湖里游水的时候，头手和胸部都可以露出水面，像是在地面上走路一样自如，在水里潜水的速度也特快，像水中的游鱼，神秘莫测。大龙特别喜欢水，好像他就是为水而生的。只可惜，在一个炎热的夏天的午后，他一个人下到湖里，就再也没有上来。

后来大人说，夏天的午后，人烟稀少的时候，是水鬼出没的时候。这个时候，往往水鬼会上岸来“晒青”。一旦有人出现，它就会一下子没入水中。有传说，很多人看见过水鬼“晒青”。我怀疑，曾经躲在一棵大树的下面，观察水鬼上岸“晒青”，但是我算是没有看见过的。

见是没有见过，但是我一直在提防着这该死的水鬼。我们因此总是邀三约五的去玩水，从不敢一个人贸然行动，从不敢在午后无人的时候下水。现在想起来，有点像原始人的集体居住和集体狩猎，离开了集体，我们是渺小的。其实那个时候我就朦朦胧胧地明白了这个道理的。

据说水鬼捉人是在水下拉人的脚，人在水里一旦被水鬼拉着了脚，就必死无疑。传说中我们那里曾经有一个人例外，被水鬼拉着了脚，却没有死。他就是杨馥初。杨馥初是我们那里清朝末年的一位布衣文人，一生为民请命，专打抱不平。传说鬼都怕他，对他恨之入骨。有一次，他乘船到湖对岸去为一穷人家打官司。他坐在船头上，一只脚放在水里，一只脚放在船上。水鬼想乘机把他拉下水，要了他的命，就一把拉住他放在水里的那只脚。杨馥初打了个激灵，很快冷静下来，对水下的那个水鬼说，你等一下，等我把这一只脚也放下去，你再一起拉我下去吧。水鬼一听觉得有道理，就放了手，等他把另一只脚也放下来，一起拉。这时，杨馥初迅速地把水里的那只脚抽上来了。

那时候，我明白了，战胜水鬼不仅仅需要集体力量，更需要智慧。

泊湖的密码

没有多少人能够真正明白泊湖。为此我深感孤独。

多少年以来，我在这个城市里关于泊湖滔滔不绝的述说，还有我苍白的文字，像是自言自语。没有多少人能够和我分享它的神奇，也没有多少人希望能和我一样进入泊湖。好像泊湖是我一个人的泊湖。

就像此刻，我孤独地坐在泊湖的岸边，想象着辽阔的湖面上消逝的帆影。但是，这些影子一旦在我的思想里晃动起来，我就会再次进入泊湖，我内心的热烈就会驱散长久的孤独——

当春天的雨水划破干燥的地表，涌入泊湖，泊湖就像一个受孕的农妇，腹部迅速地隆起。水草开始泛绿，鱼们开始跳跃，蚌壳开始走动……世世代代生活在湖边的人们，心事也开始暴涨。新补的渔网被挂到了屋檐下，倒扣在门口整整一个冬天的小木船，也翻身锚在了水边。一切准备都已经做好，就等进入泊湖。

我知道，从春天开始，许许多多的生命从泊湖出发，正如它养育了我的童年。当年，我的母亲怀揣着她的想往，从泊湖的对岸启程，乘坐一条小木船，经过一条清澈的水路，嫁到我父亲的村庄。从我们出生开始，父母就把我们放在水里，让我们和水草一起成长，与鱼和水鸟为伍，直到长成一株栎树，像桅杆一样，站在岸边的树林里……

村子里一个小小的后生跑到我跟前，用陌生的眼光考量我。我问他谁家的孩子呀？他摇摇头不回答我。我说我是湖边的娃，你也是湖边的娃吗？他点了点头，好像突然熟悉起来，指着我身边的一个土包告诉我，这是抽水机站。顿时，我的内心溅起抽水泵喷口一样的水花——我微笑着说，小鬼你知道抽水机是怎么抽水的吗？我想象着炎热的夏日，湖边的抽水机整日“突突突”抽水。我们泡在湖水里快乐地嬉戏，岸上的父母在田地里挥汗如雨地劳作。当年的我就像他一模一样，因为泊湖，没识忧愁的滋味。

我不知道泊湖的年岁到底有多久，但我知道我的泊湖和后生们的泊湖已经不一样了。我的泊湖是千帆竞发的泊湖，是荷花菱角茂密的泊湖，是渔火点点温暖寂静的泊湖，是大雁天鹅栖歇的泊湖……而他们的泊湖是汽艇飞驰的泊湖，是没草没鸟的单调的泊湖，是网屏分割甚至电网偷窃的泊湖……

可是，这一切，他们不知道。除了我，还有人知道吗？

如果说一个人进入一片山水需要一把钥匙，那么，我进入泊湖的钥匙就是我的祖先和父辈们打我一出生就交给我的，并用纯粹破解了它的密码。

我想，也许是我一直没有能够妥帖地说出泊湖，没能如梭罗那样地说出他的瓦尔登湖一样。为此我深感惭愧。

一片山水的密码也许是由上帝保管，我知道，圣经告诉苍生，说出上帝的秘密是多么危险。但是，我的孤独无时不在驱使我试图去冒险，哪怕我的努力是徒劳的。

如果我的努力真的是徒劳，那就让我的泊湖永远自在地清澈在我灵魂的深处吧。

忧伤的湖滩

我的童年是在湖边晃大的。

其实我不忍心说出我忧伤的湖滩。因为在那个神奇的湖滩上，有我金色美丽的童年。我曾无数次说过那里无尽的欢乐，但是，说着说着，仿佛这些欢乐在悄悄地退回到时光的深处。而那个湖滩上隐藏的忧伤，却在慢慢地浮出水面，在光阴里弥漫……

从深秋开始，湖水就慢慢退远，退往湖的中间。当到达冬天的时候，湖里就只剩下一小片水域了，露出大片辽阔而平展的湖滩。这时候的湖滩全是软泥湿地，显得没有一点生机，有的只是死亡的河蚌和河螺留下的壳，星星点点地散落在湖滩之上，在冬日铁色的天光之下，微微泛白。偶有活着的河蚌在平展的泥地上挣扎着走动，划出一条条长长的痕迹。

这个时候，远远望去，往往会有一两只洁白的影子在那里晃动。那是白鹭，点着高高瘦瘦的脚，在那里觅食，寒风吹乱它的羽毛。这样的场景令人忧伤，因为这个时候我往往会想起我早死的母亲，在冬天辽阔的湖边洲地上，也是一个人在那儿低头劳作，寒风吹起她单薄的衣角。

现在，有时候冬天我回到故乡，黄昏的时候，会往湖滩上远远望一望、走一走，也会偶然遇见那个孤单的影子，在辽阔的软泥湿地上徘徊，不时地低头啄食。如果我要走近它，它会敏感的飞起来，在另一片不远的湖滩上落下……这时候，湖边的山冈上，那个庙宇里往往会传来低沉而浑厚的晚钟。百鸟惊起，开始飞回它们的巢；路上，扛着农具的人开始回家；月光升起……而那个影子还在——此刻，我仿佛遇见的是我的前世，既轻，又薄……像是在寻找那些失去的光阴……

是啊，这个湖滩上遗失的不只是我的光阴。我的母亲就是埋在湖滩的边上，被枯草覆盖。流泪的牛，毛发苍乱，啃着坟上的枯草。父亲的渔船也是倒扣在湖滩上，一些孤单而飞累的鸟，在此歇歇脚，梳梳凌乱的羽毛。

冬天就是这样，我们只能等待春天的到来。春天一到，那些宁静的忧伤会被春水覆盖。雷雨从湖滩上纷披地流向湖里，在经过一个冬天风干的地表上，划出一道道弯曲的痕迹。湖水慢慢地涨起来，把湖滩的大部分淹没。一场大雨过后，浑浊的湖水里，偶有被春水冲下来的死猫或死狗，和草屑一起浮在水面。那些暂时还没有被水淹没的部分，草开始泛绿，并开出星星点点紫色或者白色的小花，像我一个早夭的姐姐她曾经穿过的花衣。这是春光开始暖和的时候，内心里依然有些微的忧伤。一直到清明，当漫天的油菜花在湖边的洲地上铺开，所有的忧伤就被季节全部覆盖。

其实，冬天湖滩裸露的时候，我会常常站在那儿忧伤地想象夏天，想象夏天的湖水早已经淹没了我现在的位置，淹没过我的头顶。而湖水之下，水草丰满，鱼儿穿行。也想象我那个早夭的姐姐，那一年的夏天是在哪儿落水淹死的。而那个场面也随着时间和湖水的退去，显得虚无缥缈，像发生在时空之外……

每年都是这样，在这样的湖滩上，一到冬天，忧伤会如期而至，仿佛宿命，一直等到春天为止，清明为止。这是轮回。我想，我们都是这样。

蓝：你不老，我也不老

我不去想往高原的蓝或者草原的蓝。雄鹰翱翔，经幡浩荡；或者蓝天白云，纵马驰骋——那种一望无垠、辽阔空旷的蓝，它太遥远，只在远方。我只愿意躺在我老家的蓝里，不要老去。

你看，天已经大亮了，泊湖的夏天开始醒来，一条小船从湖水的中央撑来。17 岁的姐姐，有着莲藕一样的手臂，手拿竹篙，点开安静的湖水，清脆的情歌在蓝盈盈的湖面上随波荡漾……一天的忙碌和美好从此开始。

小母亲们挽起裤管，露出雪白的足踝，在水边洗衣。一阵一阵的棒槌声在湖面上荡开，醒来的水鸟们在浅水的篙禾林里叽叽喳喳。太阳出来的时候，一群光屁股的小孩开始戏水。我就在这中间……

这当然是我的童年。湖水总是浅蓝色或者深蓝色。后来我每次回到老家，每次站在水边，思绪基本上都是停滞的。我愿意就这样停滞在这湖水的蓝里，这蓝是最干净、最纯粹的蓝。这蓝里的每一张笑脸都没有杂质，每一双眼睛都清澈见底，只看得见美和爱。

我就出生在这蓝里。到了七八岁的时候，我就牵着牛到湖滩上去放，然后撑着自家的小木船到湖中，潜入水下捞猪菜。水下有各色各样的新鲜水草，土虾子禾、猫尾巴、麻叶草等，都是猪最爱吃的。水下我们看见的是一个神奇的世界，颜色是那种浅蓝色的，因为清澈，能见度很好。森林一样的水草在缓缓摇曳，小鱼儿在水草间悠闲地穿行，有时候会碰见鱼群，像草原上的羊群一样游移。我偶尔会浮出水面，望望湖滩上的牛。湖滩上开满各色各样的小花，而我的牛在那儿安详的啃着青草，几只雪白的鸥鹭落在它的背上。一个上午或者下午，我会挑着满满的两篮子猪草，牵着吃饱了的牛回家，等待父母的夸奖。

就是这样，那纯粹的颜色把我染得和它一样。后来我知道了水边生活的不测，才明白生命的渺小和来去匆匆。我们那里男孩子从小就要下水，一律必须会水，因为那是水边人谋生的必要技能。而女孩是不能随便下湖游水的，那样会被认为是不守规矩。所以，女孩子下湖捞猪菜都是在浅水里捞。有一年，我一个 13 岁的姐姐看见湖堰里的猪菜好茂密，就下到堰里去捞，不小心淹死了。被救上岸后放在水牛背上荡，也没有荡回来。

姐姐的死对我的打击很大，曾经一度我痛恨湖水，甚至痛恨这湖一样的蓝。直到我长到少年的时候，和父兄们一起远赴望江去割篙禾，以及加入夜晚的集体捕鱼，才被这博大的蓝湖震撼。我们那里，12 岁是一个坎，人到 12 岁就要加入成人的劳动。第一次我到望江去割篙禾，几天几夜都在湖上，偌大的篙禾排从望江的湖上撑回家，经过辽阔的泊湖，我看到了湖的中央那种纯粹的巨大的蓝，蓝到了人心的最深处。第一次加入父兄们一起夜晚集体捕鱼的时候，也是这样，我看到巨大的夜色和泊湖巨大的深蓝连接在一起的时候，仿佛看到了真正的天地相连。从此我明白了自己已经长大，已经明白自己的生命与这湖水和它的蓝无法分开，这蓝湖是我永远的蓝湖。

后来我因为打青丝网从水上走过了泊湖的各个角落，并由此到达黄湖、龙感湖、大官湖，甚至走水路去往长江，到彭泽、九江、芜湖，以及更远的地方。全世界的水都是相通的，

从蓝出发，沿着蓝色的路，我可以到达世界上任何一个地方。随着岁月的变迁，这种蓝在内心里变得越来越深沉。

我知道，是这蓝打上了我生命的底色。因为这底色，一切都是变成了远的和慢的，正如时光和岁月在慢慢地流淌。每每回到老家，我都会到湖边坐坐，看看这深沉的蓝。我愿意在它面前被震撼，在经过短暂的内心战栗之后，又恢复湖水一样的平静。我也愿意在这里陶醉于什么都不想什么都不做，因为我没有权利去惊扰它，只要还能永远珍藏着这样一幅蓝色的画，心里保存一份感动，还能用它来照亮一些阴郁的日子，就会拥有一份幸福和感恩。

真是这样的，因为来到这湖边，这种蓝会让人变得安详，也会让人明白，那些伤心的事包括无数的生命，在这亘古不变的蓝水之间真的不算什么。在湖边，无限亲切地想念生命中爱我的和我爱的人，以及一切难忘的瞬间，就让它们和那蓝一起，永远盛开并珍藏在我的心底。

这是一个神奇并且还在继续着的过程，泊湖永远不会老去。这美丽的蓝不老，我也不老，我就把它想象成我年老时候的爱情吧。

礼拜天的眺望

沿湖边堤坝上的土路行走，并不时慢下来，朝那个苍茫的方向眺望——对岸就是我的老家。

我从没有停止过对老家的眺望。虽然总是被速度挤压在时间的缝隙里，但是，礼拜天可以返回内心，礼拜天可以是宽广的。打开一扇窗户，站在高楼里眺望低处的老家；也可以慢下来，到一些与老家相似的地方，站在低处，朝更低的方向眺望。其实，老家已经在慢慢消失，成为一个内心的符号。那些亲人，那些童年的玩伴，早已经散了，居住在老家的，是一些后生，是一些从四面八方嫁过来的小媳妇。老家似乎越来越不真实。所以，眺望就成为我返回老家的主要方式。这也是我不得已而为之的事情。我把这种眺望当做我的礼拜。

这里是一个好大的农场，依然有些记忆里人民公社的气息。此刻正是冬天，湖边的柳树光秃秃。没有风，柳枝没有摆动，湖水没有荡漾。但是，冬日的阳光依然温暖。一些风鸟成群地叫叽叽；匿藏在附近枯草里的野鸡，不时惊叫着低飞远去；头顶上是高飞的大雁。一眼望不到头的湖水上面，有迷蒙的烟波。我想象老家就在烟波的深处，饥饿的童年和贫血的少年时光就在那烟波的深处。

要在夏天，湖水肯定涨到了我的脚下的堤坝。现在，湖水退得远远的，宽阔的湖滩是一片沼泽，干净得看不到一点杂

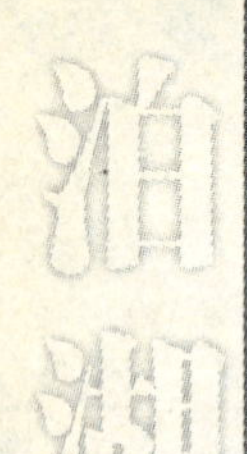

质。偶有洁白的鸥鹭点着高高细细的脚，在觅食。这样的觅食极像我的母亲在空旷的田地里弯腰点种小麦，令人忧伤。而三三两两搁浅在湖滩上的渔船，就像是我的父兄宿命的隐忍和卑微了……

堤坝内是收获以后的棉田，落尽叶子的光秃秃的棉秆一望无边，也像坝外的湖水一样辽阔。没有什么能够与这样的场景带给人内心的辽阔相比。我把这理解为老家的宽广，理解为礼拜天的辽阔。

沿湖防洪大坝外是一排防浪柳，在整个冬天里显得坚硬而沧桑，与春天夏天柳枝扫在湖水上的婀娜形成鲜明的反差。偶有春天一样的颜色，在湖岸的低处闪烁，在我们的眼睛里跳跃。我想像老家正是在这样的轮回里教会我们成长，并教会我们收藏湖水，征服湖水。

这是我的眺望，是我一个人的礼拜。而在另一些地方，同样有另一些人，在以另一种方式眺望，以另一种方式礼拜。他们都在眺望些什么呢？

不知不觉，我在老家的彼岸，在一个与老家相似的地方完成了一次眺望。自行车驮着我的礼拜，沿着笔直的土路，穿过辽阔的洲地返回。

记得在脏兮兮的童年里，母亲总是把赤条条的我放在湖水里洗礼。如今，谁能洗礼尘封的我？我知道，今天的眺望是短暂的，礼拜也是短暂的，我将很快返回紧张的工作，返回城市坚硬的水泥和柏油路上，返回到一生轮回的眺望里……

哦，蒿禾林

在我老家的泊湖里，生长着一片片茂密的蒿禾林。在这一片片茂密的蒿禾林里，匿藏着我少年的许多秘密。如今已经三十余年了，年年岁岁，岁岁年年，依然在我的内心里枯去绿来，连同我的那些如梦如幻的懵懂时光。

在老家的泊湖里，终年生活着一群来自扬州的渔民。我不知道他们是从什么时候来到这里的。他们每家一条渔船，世世代代在湖上以捕鱼为生。我们岸上的人喊他们扬州佬。我就是在湖上的蒿禾林里见过扬州佬独特的结婚仪式。谁家有男孩子长到结婚的年龄，就添置一条崭新的渔船。结婚那天，他们的亲朋都会把渔船划到他家的渔船边，前来祝贺。这天，主人要备好丰盛的鱼宴招待客人。新郎会划着自家的新船，到新娘家把新娘接来，并划到密集的蒿禾林中。亲热过后，新郎和新娘就在船头插起一面通红的旗帜，回家宴请客人。而家里亲朋这时候会向蒿禾林抬头张望，望见有红旗插起，就会燃放鞭炮庆贺。

我就曾经很多次划着自家的小木船到泊湖里去看过扬州佬结婚。也是在这个时候，真正明白了一面红旗的意义，理解了关于爱情与忠诚的关系——虽然我的小学里每天都飘着一面红旗。

在我的印象里，这似乎不只是扬州佬的蒿禾林——这更是我的蒿禾林。炎炎夏日，我们就整天泡在湖水里，并穿行在一片片茂密的蒿禾林中。在蒿禾林里，除了我们，就是各种各样的水鸟，最多的要算野鸭了。野鸭们在蒿禾林里做窝，唱歌，或者飞翔。它们把一蓬蒿禾折倒，在离水面半尺高的地方做窝，下蛋，然后是孵蛋。偶尔我们看见一窝野鸭蛋，三五个，绿色的，比鸡蛋稍小。小鸭出壳一两天就会下水，然后就是在水面上练习飞翔。有时候我们会很无聊，去侵犯它们，拿它们的蛋，或者试图去捕捉刚出壳的小野鸭。这时候野鸭会在周围声嘶力竭地叫喊，而我们却年少不知慈悲。

当下雨的时候，蒿禾林里就是一片寂静了，整个天地就只有雨声。野鸭们会待在窝里一动不动，像是在观察雨点打在蒿禾和水面上的样子。我们也是一样，泡在水里，只探出一个头，等待雨停。等到雨停的时候，野鸭们就出窝，在水面上游动并唱歌跳舞。整个湖面和蒿禾林也再次开始热闹了起来。

这是在夏天。等到秋天，满湖的蒿禾林都结满了蒿巴。我们会把小船开进蒿禾林里采蒿巴。拨开一层一层的蒿巴皮，有黑黑的饱满的蒿巴露出来。蒿巴生的也能吃，有时候我们吃的嘴上和牙齿都是黑的，跟野鸭一样没什么区别。但心里却是甜滋滋的。

但是这样的日子较短，不知不觉，一场秋风很快把整片碧绿的蒿禾林吹白，蒿禾开始变枯，开始伏倒。一些藏在林中的水鸟离开林子。不愿离开的鸟，露出被风吹乱的羽毛，它们立在蒿禾上摇摇摆摆。

我不知道他们的家在哪里，我很多次都想过，他们的家到底是在水上还是在天上？但是现在，他们就要迁往天空。我想，他们的家应该本来就在天空吧，不因为别的，就因为他们的翅膀和飞翔。有一些大翅膀的候鸟离开蒿禾林后，会成群地集结在开始退水的湖滩，他们准备着一起上天往南飞翔……

冬天，蒿禾成片枯萎，倒伏在湖滩上。有的年份，湖边的人会放火把蒿禾全部烧掉。放火的时候，整个湖汊里一片火海，浓烟袅袅升腾，一些水鸟在天空盘旋，并呀呀鸣叫……极像一场宗教的仪式。我不懂水鸟们的心情，但我知道，来年的蒿禾会长得更肥、更茂密……

少年的雨

雨是在早晨下下来的。这是一场春雨。

雨一停，我就赤脚挽起裤管，背上鱼篓，扛着“虾夹”（渔具），夹着蓑衣和斗笠出门，到湖边的浅水区捞鱼。我知道春天的雨后，鱼们就会来到浅水区的草丛里“打渗”（产卵），甚至有许多的鱼会沿湖边的小水沟“逗水”（向上游）。其实，只要在平常，随便在浅水区的草丛里就能捞上很多小鱼小虾。但是这不算，我们总是期望捞起一些大鱼。所以，要在雨后下湖。

这是我少年时候的事情。我也正是在这样的时光里开始长出自己的心事。

春天的雨总是像没有秩序，说下就下。刚停了一阵子又下起来了。我赶紧穿上蓑衣戴上斗笠。本来湖面上平静极了，像一面镜子，偶有牛羊的哞叫和隔湖喊人的声音传来。现在这雨一下，湖面上全是那种雨滴打在上面的小水涡、小水花。湖面上顿时哗哗啦啦。这种声音充满了我的耳朵，但是很纯粹，甚至纯粹得让我感到极度的安静。此时仿佛世界上只有这样一种声音。现在想起来，这是不是就是传说中的天籁？我甚至想：这偌大的湖面真的像是父兄们的胸怀，宽广而又纯粹。因为他们在这湖上摸索一生，却从来没有退缩过。

我一边看雨，一边在浅水区的草丛里捞鱼。我的“虾夹”

突然惊起一条大鱼，没等我来得及，它就一个翻身，掀起一股浑水溜走了。我很惋惜，恨自己不该去想自己该死的心事。我不知道自己是从什么时候开始老喜欢呆呆地看雨，看雨打在湖面的样子，听雨发出的声音。

雨来一阵又停一阵。雨停了的时候，湖面又恢复了平静。但是雨后的远山却像是改变了平日的模样，一层一层的，干净而又清晰，甚至透彻，这透彻仿佛到人的心里去了。这样的时候，我往往干脆放下渔具，坐在湖滩的青草地上，看远方的山，想远方的事情。平时望不见的小孤山、庐山，这时候能远远地清晰地望得见。我会想象从没去过的小孤山和庐山，到底会是个什么样子。我也会想象我能不能在未来的某一天，到达这些远山。

这样的雨天，心事想多了，难免要空着鱼篓回家。有时候我只有在回去的路上，顺手从路边的水沟里捞起几条“逗水”鱼回家。

这是下雨的时光。但我也观察过，有雨却没下下来的时候，整个湖上是湿漉漉的，远望有迷蒙的烟波。这一切在我后来的时候才知道，是一种叫做国画的样子。

就是这一场又一场春雨，让一个湖边少年怀上无名的乡愁，从此无法释怀。如今蜗居在城市的一隅，却有漂泊的感觉；而记忆里漂在湖水之上的我的少年时光，却是那样的踏实和安稳。以至现在，要是下雨天，我一个人躺在床上听外面的雨哗哗啦啦，内心却是异常的安静和纯粹，总会梦见自己正躺在自家的小渔船里，飘摇在雨中的湖水之上……

从水路回家

的开叔是年少的时候逃荒去的洲上，因为兄弟姊妹多，养不活，逃到了江洲，在那儿过了一辈子。的开叔那年过世，按照叶落归根的习俗，要归葬老家。死后他就是走水路回家的，从长江向下漂，转杨湾，走泊湖，上岸回到刘家屋，然后居住在村前的祖山。

不知道为什么，我们世世代代喜欢水路，甚至崇拜水路。直到现在，好多人还在怀念水路，把水路当做我们最后的旅程。

譬喻，我童年时候的铁杆伙伴自来，18 岁那年大病，辗转于上海、南京求医，生命无望。弥留之际，自来提出走水路回家。坐了两天两夜的船，回到家里，自来又奇迹般的活过来了。

此事再一次让所有的村人坚信水路的可靠，仿佛与某个遥远的神秘事物相关。

我也是，从一出生就与水路有关。小时候，父母戏说，那年发大水，水涨到了家门口，有一天，水上漂来一个大浴盆，里面坐着个小孩，然后就拣起来养，这个小孩就是我。慢慢长大以后，都是跟随父兄的船走水路到望江，到江外的彭泽，以及更远的远方。仿佛水路没有尽头，它通往世界上的任何一个地方，通往历史和未来的深处。

真是这样，曾经在水路上行走的时候，我看见泊湖上辽阔的水路与蓝天相接，在天地之间铺开；我也看见长江上苍茫的水路深入远方的山影，神秘而使人浮想。

后来我也无数次在一些河流上行走，人在旅途，两岸的群山静止而奔涌。——这当然是在人的内心里，有时仿佛静止，有时仿佛在奔涌……

我知道，路与我们的理想有关。水上的旅途与陆地上显然是不一样的，汽车或者火车它们太快了，我一直以来都不太喜欢。而在水路上，时光缓慢而富有质感，仿佛触手可及。最平坦的路就是水路，最坎坷的路也是水路。譬喻波涛汹涌的时候，水路就成为我们生命的挑战，真正的生命力量就在水路上呈现。

因此，水路成为我们内心的一个结，仿佛冥冥之中与我们的生命有关，与前世今生甚至来世有关。就像一直以来，我们这里的每一个姓氏，都无数次前往江西鄱阳，去寻找一个名叫瓦屑坝的地方，最后又都以无法找到具体的落脚点，而带着一份惆怅返回。对此，我总以为他们应该走水路去寻找，这样也许能够找到一些什么吧。

是这样的，我总是无数次想象瓦屑坝。六百多年以前，我们的祖先或躲避战乱，或被迫移民，汇聚在鄱阳湖畔一个名叫瓦屑坝的古老渡口，先后从这里乘船，驶入茫茫湖水，驶向长江，转河川，走向未知的远方。瓦屑坝就成为先民们对于故乡陆地的最后记忆。对于丧失了家谱和祖先记忆的移民后代来说，瓦屑坝就成为了我们的根。

是的，水路是我们回家的路。从水路出发，在外漂泊，我想，当我老了的时候，我会从水路回家。从水路上回家。

第二辑

在水一方

我的村子是一个临水的村子，北边靠着泊湖。

在我少年的时候，村庄就告诉我，所有发生在大地上的事情，都与泥土有关，哪怕是灵魂，或者一些凌空虚蹈的事物，都源自泥土，最终又都归于泥土。现在，我能够想象，我那些逝去的亲人，回归泥土的亲人，在另一个春天，地气开始上升的时候，他们一定会复活，一定，以草木的方式……

空　旷

我所理解的空旷来自秋天，从晚秋开始。我在童年就已经认识了空旷。空旷展开在我故乡辽阔的土地、澄明的湖水和高远的天空。

其实秋天是一个沉甸甸的季节，遍地金黄的谷粒，洁白的棉花，满船的跳鱼儿，成群的飞鸟……正是这种沉甸甸的馈赠之后，空旷就铺开了，铺开在农人们幸福或苦难、快乐或忧伤的视界里。庄稼被农人们收割之后，他们自己开始被空旷所收割。

从春天到夏天，庄稼栽种在田地里，同农人的心事一起抽穗、扬花、灌浆，然后慢慢地饱满起来；田坝地坝上，茅草和灌木也在疯长。土地的那种本色被茁壮的禾苗和茂密的草木覆盖。一些蛇虫，一些鸟兽，出没在田垄和地垄。秧鸡鸟隐匿在稻田里，野兔穿行在草木的深处。所有的渴望都充斥在天空之下大地之上。一切生命的意义，仿佛一开始就是为了这个秋天的降临。

但是，秋天的事物像一阵风暴，说变就变。庄稼成熟以后很快被收，储藏在粮仓里，这一年我们就有了饱暖；所有的草木也都被砍割，整齐地捆放在屋檐的下面，那是一年的柴火。而田地一下子就裸露了，是那种广阔的裸露。原来出没在茂盛的庄稼和草木里的小兽，开始龟缩进地洞，蛇虫把蜕皮留在地

面——大地上，许多的秘密开始呈现，一切注释都是多余的，真理和谎言已经一目了然……

大湖的水慢慢变浅了，没有风没有浪，沉静而且澄明，一眼见底，谁说不能望穿秋水呢？水草开始腐败，分不清的鹅卵石和河蚌露出水面，三三两两的渔船搁浅在湖滩上……一切开始水落石出。而岸上，那些曾经潺潺流动的水沟，早已经变细，变干，没有了声响。曾经被春水划破的地表，只留下一些弯曲的痕迹。

上面是天空，一尘不染，显得既高又远，一些云彩像新絮一样洁白。好像一切已经搞定，风雨走远。原来活动在大地上的那些众多的鸟，也成群地飞到叶子开始落尽的树林子里栖歇，偶尔大片地结队飞过我们的头顶。鸟群飞过之后，天空又是一阵沉寂，只有阳光。

就是这样，季节像一块橡皮，写满大地的作业一下子就被擦去了，我幼稚的思想就这样散落在旷远的天地里。

空旷就是在这个时候来临……

在这巨大的空里，人们开始布置着下一个秋天的场景，火粪的白烟在田垄地垄里袅袅升起，缓缓地弥散在空中，必要的种子埋进土里……不久，白霜在突然的某一个夜里降落下来。我发现，这极像父亲母亲们头上稀疏的白发。

霜开始浓重而寒冷的时候，地气也在收缩。不知不觉地，空旷，已经被农人们收进了自己内心的最深处……

地　　气

我想努力地说出地气，但是我的叙述总是词不达意。我只能借助地气弥漫的场景里，那些过往生活的片段，说出我的感动、疼痛和忧伤，甚至震撼。

不知道什么时候，遥远的大地隐隐滚过一声春雷，大地开始苏醒，地气应该是在这个时候松动。但是没有谁能够看见，仿佛一个幽灵，从大地的胸膛缓缓上升。接着是一场雨下来。一些去年的虫草，随雨水漂淌，到达另一个地方，并开始复活。

我想，这种复活一定是多么疼痛。

突然有一天，泥土味开始弥散在早晨的空气里，光秃秃的树枝上挂满剔透的水珠。这就是地气最早迈进村庄的足迹。农人们仿佛骨骼碰响，通体舒泰，浑身洋溢着播种的冲动。一些毛发苍乱的家狗、猪、羊迈出窝棚，发出饥饿的叫唤……也许这就是地气带来的感动。

现在，这种感动离我们愈来愈远了，因为我们离村庄愈来愈远。它已嬗变为我们内心深处挥之不去的忧伤——

居住在钢筋水泥构筑的城市高楼里，离大地远了，感觉到的多是金钱和政治的气味，没有地气带来的复活和轮回的气息。仿佛我们的生命就是勇往直前，慢不下来，直奔死亡的主题。我们曾经浸润着大地芬芳的心肠和渲染着阳光肤色的脸

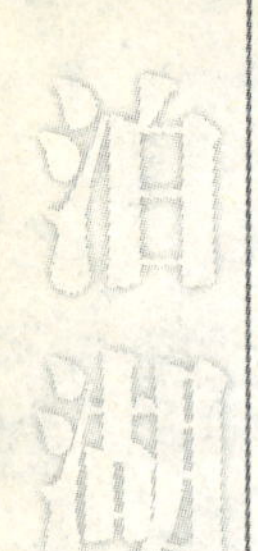

庞，一步一步地变成了钢筋的心肠和水泥的脸……

当然，我们还算是有幸的，因为毕竟经历过那些地气浓重的生活。一些场景偶尔也会在内心干燥的时候回到记忆里，让我们偶尔也会流下一滴柔软的眼泪。譬喻记忆中那个夏天的夜晚，和父兄们在泊湖边捕鱼。在虫鸣的合奏里，父兄们教我抛弃内心的杂质，倾听地气升起的声音。那种声音真的像是从地心里传来的神秘乐音。譬喻记忆中那个初秋的早晨，雾状的地气悄然升腾，流乳般淹没了村庄和田野，我的牛和我的童年一起，消隐在雾岚的深处……

母亲曾经多次说过，人不沾染地气不行，只要双脚与大地接触，地气就会与我们的身体接通；说整天与泥土接触的人是会健康长寿的；说乡下的猫狗命大，猫有十条命，狗有九条命，活着的一半可以把死去的一半拉扯回来。我就亲眼看见过，一只被人打得快要死掉的狗，让它在地上躺一会，扯扯地气，然后打几个滚，就活下来了。从此我就坚信，人离不开大地，生命需要地气。

冬天地气开始收缩、回流。它必须在大风飞雪来临之前完成。地气收缩的时候，一些草木以腐朽的方式还原大地；一些蛇虫把蜕皮、蜕壳留在地面，然后躲进地洞开始冬眠。等待下一个轮回的到来。

在我少年的时候，村庄就告诉我，所有发生在大地上的事情，都与泥土有关，哪怕是灵魂，或者一些凌空虚蹈的事物，都源自泥土，最终又都归于泥土。现在，我能够想象，我那些逝去的亲人，回归泥土的亲人，在另一个春天，地气开始上升的时候，她们一定会复活，一定，以草木的方式……

一个人的天籁

这不是幻觉。有一些声音早已经沉淀于岁月之河的深处，但是现在又常常浮泛起来，响在我的耳边。它所带来的一些场景，弥散着大地和泥土的气息。

其实，现在城市的喧闹早已经让我的耳朵生起了老茧：汽车喇叭的鸣叫声，商场促销的叫喊声，娱乐会所的歌舞声……不绝于耳。而那些逝去的声音，它们只能隐匿在黑夜里。现在，在我睡眠的时候，携带着一些场景，萦绕在我的耳边，让我白日疲惫的心在沉醉里安眠。

那是一些风声。正午的时光，我常常坐在屋后的山冈上，听风吹过松林的声音，阵阵松涛在少年的内心里起伏。有时候我在屋前的一片阔叶树下，听风吹动树叶的声音，就像千万双手热烈地鼓掌，它们让我第一次想象了一份庄严。有时候在田地边，手里拿着牛绳，我和我的牛一起扬起头，听风吹麦浪缓缓飘移的声音。而冬天的早晨，我猫腰跑往学校，听见光秃秃的树枝劈开寒风，发出忽忽的声音。这时候，我感觉那些坚韧的树枝极像父兄的手臂。

那些雨声也一样，有时候来得很舒缓，有时候来得很急促。有雨的早晨，我们睡在温暖的被窝子里，等着母亲的早饭，听雨沙沙击打屋顶上瓦片的声音，滴滴答答从屋檐落下的声音，炊烟在想象里袅袅升起，温暖而又亲切。而在夏日的午

后，阵雨来临，噼里啪啦，打在庄稼地的禾苗上，空气里立即散发出禾苗的香气。这种香气，在一个预备农民的心里久久不能消散，直到今天，还常常吹到城里，吹到我们的梦中。

而那些鸟的叫声，总是在我还没有睡醒的早晨，在屋后的树林子里唧唧喳喳把我吵醒。斑鸠咕咕叫的时候，母亲说，是天要下雨了。所以在听见很多斑鸠叫过之后，我常常喜欢看天，等着一场喜雨的降临。母亲还说，门前的树上，喜鹊闹喳喳就预示着吉祥好运，所以小时候我最盼望的就是喜鹊的叫声，喜鹊一叫，也许就会有亲戚朋友来，这也就意味着会有一顿好餐。

还有一些虫子的鸣叫，它所带来的神秘，打通了我童年的智慧。夏天的早晨或者夜晚，千万只虫子一齐发出欢乐的叫声，它们躲在生命的一角，尽情地抒发着美好的心愿。而正午或者傍晚的蝉鸣，为童年平添了多少诗意和浪漫啊！

现在，久居在城里，听到的风声，总是夹杂着太多的金钱和欲望的气息，不知从四面八方哪个方向吹来。听到的雨声，不是打在街道的广告牌上噼噼啪啪，就是打在光滑的水泥或者柏油路面上，被疯狂的车轮带走。而鸟的叫声，只是偶尔在你不经意的时候，来自身边走过的一位老者手提的笼子里。虫鸣，在城里就极少可以听见了，因为虫子微弱的呼唤，往往只存在于城市边缘的那些棚户区……

日常，我的耳朵里总是那么嘈杂，我自己发出的声音也总是那么含混而微略，而我是无法回到过去的。于是，我总在想，那些居庙堂之高者，他们耳边整日萦绕的袅袅梵音，这是不是天籁呢？——没有人回答我。

天　光

写下“天光”这两个字的时候，可能真的天光了。窗外突然一阵春雨哗哗啦啦落下来。我估计，今天就是在一场雨的缝隙里天光的。

在我们老家，人们把早晨天亮了称作天光。至今我在城里也一直保持着这样的说法，我不管人们是否能够明白我的意思。我不知道我的祖先为什么会有如此的说法，识字的时候起我就隐隐约约有了这样的疑问。后来无数次这样说着，一直说到城里，就似乎明白了其中的智慧和庄严。

要是在三十年多以前的老家，像这样的早晨，天光的时候，也就是在这场雨下来的时候，我必定会背上背篓，肩扛渔具，打着赤脚，借助天光时的曙色，到春水翻滚的河沟里捕鱼。当活蹦乱跳的鱼儿装满背篓，便带着收获的喜悦回到家里，再背上书包朝学校跑去。

三十多年以前是一个饥饿的年代。如果是冬天，每天天光之前，我会起得很早，手拿粪箕出门拾粪。记忆里这个时候的月光分外明亮，家狗也必定陪着我，在村里村外的草地里寻粪。这时候的草地上往往下有一层厚厚的霜，脚踩在草地里发出清脆的“鼓鼓”声。家狗会不时抬起一条后腿，对着灌木撒一泡尿。我明白家狗的意思：这是我们的领地。粪箕拾满的时候就天光了。天光以后，我会带着“一分工”的幸福开始

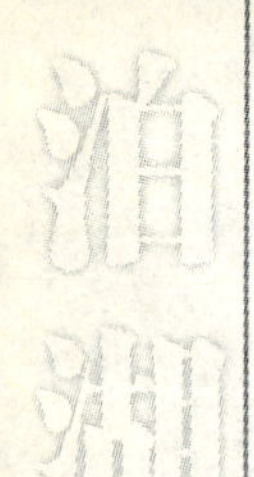

上学，因为为大人挣得“一分工”，就意味着年底的时候能从生产队里多分得一份“余粮”回家。

雪天也是如此。只是一夜的大雪把所有的村路和草地都覆盖了，似乎整个村子一下子变得极其干净，干净得没有一点杂质，就连天光都不知道是在什么时候发生的，干净的雪把黑夜和白天紧紧连在了一起。

夏天就是另外一番景象了。本来夏夜的时光就短暂，加上天气炎热、蚊子叮咬，总是睡不好。但是每天天光之前，大人都要喊上我起床一起去割稻子，说趁天光之前凉快把稻子割倒，天光后，一天的阳光正好把稻子晒干。其实大人重视的不仅仅是天光这个时候，就是傍晚这个白天和黑夜交替的时光也是宝贵的。我们把这个时候称作“断黑”。我总是和我的牛在“断黑”的时候行走在回家的路上，望着屋顶上的炊烟在暮色里袅袅升起，一天的疲惫就在这样的场景里渐渐消散了。

而在秋天，天光就是凉爽和温暖的代名词。如果有风，我有时候就喜欢蹲在门前的栎树下，听树叶清脆的掌声，看树叶在掌声里一片一片地落下；如果没有风，我有时候就喜欢站在家门口，眺望田垄上的雾霭，像时光缓缓地流动。

我就是在这样的童年里感受天光的，也是在天光里这样聆听了父母的教诲。以至现在我都喜欢在夜晚开始结束的时候起床，出门下到我所居住的这个城市小区的开阔地上，去观察天光的过程，以及天光带给大地的恩惠。或者在这样的时候，在房间里打开电脑，就像现在，写下我想写的文字，把夜晚的积淀记下来，写下对天光的赞美和崇拜……

草尖上的露珠

有人这样说："在大地上行走，怀着草叶一样单纯的情感。"我想，这是多么淡定而又明亮的人生境界。

读到这句话的时候，我骨子里的那点草根性，也迅速地蠕动起来，长出草叶，举着露珠，在早晨的光辉里，生动起来……

而我，现在已是过了半生的人，经历了一些人，经历了一些事，经历了半生的喧嚣，内心里开始安静下来。而这种安静，就像夜空里打下来的露珠，正一点一滴地从草叶上，渗透进我生命的根里。

在我的印象中，我出生的那个村庄，是一个浮在草上的村庄，草匍匐而茂盛，因而村庄是温暖的。因为贫穷，因为父母在我幼年时就去世了，我是在放任自流的状况下，像草一样成长的。父母在接近 50 岁时生我，我的大哥水生比我大 20 岁，二哥加生比我大 10 岁，邻居国哥比我大 40 岁。我是看着我的草根兄弟们，我自己长大的。

二哥加生，一个做石瓦匠的泥腿子。他是我幼年时候的崇拜，我在内心里是以他为原型，塑造了我作为男人最初的偶像。在我的印象中，他总是蹬在高高的砖墙上，挥舞着他的泥刀。从晨露里开始，用砖一块一块地向上砌，到中午的时候，一面墙就已经砌上了天。二哥在墙头上那种熟练的动作，简直就是舞蹈。小工们在下边手忙脚乱，向上将砖块一块一块地扔给他。砖在他的左手上跳舞，泥刀在他的右手上挥动。有时候我想象二哥是在弹琴，我总是在下面仰望着他，怀着崇敬的心情，为不能快快长大做他的小工而心生遗憾。现在，二哥 50 多岁了，还在操他的老本行，只是偶尔在家前屋后，帮人家建建猪圈，搭搭厕所之类。

大哥水生是做面匠。所谓面匠，就是做挂面的。他每天总是半夜后鸡啼头遍的时候起床，起来后吱吱呀呀打开大门去看天，望望天上的星星和月亮，看看地上有没有露水，以此判断是否晴天。然后开始和面、拉面、上架。到天亮了，太阳出来之前，几架子的挂面就已经摆放在门前了。这种拉长的面，足足有两米多长，在晾晒干之前，在早晨的阳光里，和草尖上的露珠一起，在微风中不停地颤动，真的像一幅油画。到下午的时候，面干了，小心地收起来，然后挑起担子，一个村一个村去叫卖。到黄昏的时候，夜露下来之前，大哥就已经换回满满的一担麦子了。这麦子有时候有 200 多斤，那时候我不能想象，那需要多大的力量，才能一路挑回家。只有在我看着他宽厚的肩膀的时候，才能悟出点点的道理来。

现在，大哥 60 多岁了，依然乐观，喝酒总是大碗大碗地喝。去年我回老家的时候还劝过他，要他少喝酒，因为他有高血压。他却回答我：不要紧，死得！只求阎王不要让卧病在床就行了，最好的死法是一觉睡去，那就是有福气。

堂兄国哥现在 80 多岁了，一双耳朵全背了。可是，我每次回家，他总是在我面前唠叨：日里，他总听见日头里烧的噼噼啪啪的响，像草根烧着的那种声音；夜里，也总听见天河里的水咕咕咚咚流个不停。有时候他要我一起听，我算是听不出什么名堂，最多偶尔感觉到露珠从草叶上滴落的声音。我想，这一定是老人的幻觉。在我小的时候，国哥总是给我们讲月亮上面和天河里的故事，讲妖魔鬼怪的故事，每年的三月三夜里，他总要带我们去面前山上望鬼火。国哥是个没有念过书的人，他认为人是由身外一种神秘的力量主宰着的，他在潜意识里认为，世界的秩序就是神话，是传说，是诗……而不像我们念书的人说的那样。

现在，国哥老了，他的耳朵不行了。有时候我想，国哥已经开始走在归去的路上，他听见的那些神秘的声音，也许是一种通灵吧？一生像草一样生活的人，莫非也会像草一样，与世事万物相通？……

在我们村子里，我是家族里同辈分中年龄最小的。现在，我的这些草根兄弟都开始老了，每次回家，看着他们叉手叉脚，在村子里走动的时候，多少有些心有寂寂。

然而，只要看看家前屋后的那些草，那些亲切的草，那些像草一样的后生，我就不再孤独了。我想，大哥碗里的酒，国哥耳朵里日头燃烧的声音，不正是他们内心的海水和火焰吗？而这一切，正凝结在草尖上的露珠里了。

大　水

最近在水月庵听禅，有老者介绍水月庵的来历，说水月庵是明末清初一场大水冲来的。我说这是一个神话吧？她说是真的，说当年的水月庵只有一间茅房，那年发大水，江西彭泽县那边一座大庙漂到这里，当地人就把水面漂散的木料抬到岸上，建成今天的水月庵。

这种来历表面上看来很神奇，我想其实很真实。因为古时候没有江堤，每年涨水的季节，长江与我们这里百万亩内湖连成一片。

老家有一句古话：“大水冲来的”。意思就是指一件事物不知道它的来历，就把它归结为“大水冲来的”。很小的时候，父母就戏说我是大水冲来的，而且编的故事还真的像那么回事：说那年发大水，突然有一天，从大水中央漂来一个大浴盆，正好漂到我家门口，他们发现里面有一个婴儿，然后就捡起来养，这个婴儿就是我。

后来我一直没有见过那样的大水，只听大人描述过 1954 年的大水，把房屋、田地统统淹没了，而且持续了一两个月，大水才缓缓退去。这段历史像一个传说，成为父辈们一段疼痛的记忆。为此，我曾经专门到长江边上去看 1954 年的决口。决口位于宿松县汇口镇龙潭村，决口处叫龙宕，当年一泻千里的江水就是从这里撕开一个口子。决口外冲出一个巨大的深潭，水退去以后，当地人一直把这里叫做龙宕。现在的龙宕，因为经过治理，只隐约看到一片沙地，有的早已经被绿草或者庄稼覆盖，像一个巨大的疤痕，烙在大地的肌肤和人们的心上。

水在我的记忆中是无与伦比的美好。因为我的老家不在江边，而在湖边。我的童年感受到的不是江水的浑浊和咆哮，而是湖水的辽阔、平静、清澈或者碧绿。我曾经为我们的祖先能选择在水边居住而自豪过，认为我们的祖先是最最智慧的祖先。直到 1983 年的那场大水，淹到了我家门口，大片的庄稼被水淹没，在人们的恐慌和叹息声中，才感受到大水的可怕。我看到村子里大批的劳动力被调往江堤防汛，而洲地农场又有大批的老幼搬到我们村子里居住，直到深秋大水退去。后来我才知道，这一年江堤并没有溃破，而是内湖的涨水。

后来我终于明白了，每年一到冬天农闲的时候，为什么村子里的劳动力都要去洲区挑江堤。有一年挑江堤的时候，我赖着专门去负责做饭的婶娘，来到江堤。一到这里，我立即被震撼。江堤上人山人海，红旗林立，一眼望不到头。我第一次见到这样恢弘的场面，想起 1983 年的大水，年少的内心第一次感受了悲壮，并且肃然起敬。

现在，我能彻底理解大水带给人们的恐惧和疼痛，更是因为我在 1998 年、1999 年，直接参加了与大水的对抗。1998 年，长江同马大堤汇口最高水位 22.43 米；1999 年，内湖下仓水文站最高水位 17.35 米，均超历史记录。1998 年，大批内湖圩堤溃破，整个洲区一片汪洋泽国，我们的救灾船只每日穿行在被大水淹没的村子里。通往长江大堤的防汛交通被大水阻断，也只能靠坐船到江堤。在江堤上又是一番情形，人们日夜死守，寸土不忘地巡堤。特别是深夜，巡堤的手电筒的光亮穿过漆黑的夜空。我想像这就是光明与黑暗的对抗。

在古老的年代，大水带给我们祖先的，也许只是宿命，就像水月庵的那个传说。而它带给我的，不仅有蔚蓝、平静和辽阔，更有疼痛、悲壮和坚韧……

大 水 哥

记得是在很多年以前，我正念初中，邻村的加旺叔家盖房子。按照我们老家的习惯，凡有哪家盖房子，其他人家都应主动去一个劳动力义务帮工。那时我爹正生病，是我顶他去的。大水哥是我堂兄，他也去了。有一日在加旺叔家吃午饭，我和大水哥坐在一桌。大水哥像平时一样，言语不多。那餐吃的是绿豆米饭，在那一桌的叶二喜笑着说："要在一九六零年那阵子，这绿豆米饭怕是连想都不敢想了。"一时没有一人答话，我便看了人家脸色，发现大水哥眼眶儿越来越红且潮湿起来。他突然举起手中的饭碗对年长他20来岁的叶二喜说："老子今天要砸死你这狗东西!"同桌的人立即制止了，劝大水哥："算了算了，旧事不提。"于是大水哥自个儿端着饭下桌去吃了。

我不知道个中缘由，其他知情者也彼此心照不宣、闭口不提。后来听年长者说，一九六零年搞伙食团吃大锅饭那会儿，大水哥兄弟姐妹多，他娘眼看几个孩子又保不住了，只得在一个黑夜去公家的地里偷了些红薯，回家用一只藏了好久的锅煮了。叶二喜那会儿正当伙食排长，他发现后，当即把红薯连锅一起给砸了。第二天，他开全体社员会，介绍他的英雄事事迹，并当众把大水哥他娘吊起来，整整吊了一天一夜。被放下来后，他娘饿得没法，只好去河边挖观音土吃。不几天就腹胀而死。

大水哥要砸碗那件事后，我总不敢正面看他，以为他总有一日是要向叶二喜讨债的，但那事过后却很平静。倒是时隔两年后的一个夏天的晚上，我和大水哥等人正在堰坝上乘凉，忽然听见邻村的广播筒里发出急促的喊叫声："刘屋的人赶快来打火赶快来打火，叶二喜家里发大火了发大火了！"我立即想起大水哥的事儿，我问大水哥："怎么办?"大水哥站起身："怎么办怎么办！还不穿好衣服赶快去！"于是，我跟在大水哥的后头，一行十来人跑到发火的地点，加入了扑火的行列。那火真大，浓烟翻滚，火苗蹿出老高，把黑夜照得通亮，一个多小时后才被大家扑灭。回来后，我们个个脸上被烧得漆黑，互相认不出模样，大水哥浑身还淋得湿透了。我们洗完澡仍去堰坝上乘凉，大家谈论那场大火谈了好半夜，大水哥却没有说多少，我只听他说了句："真作孽，不知是谁在乱中不小心，把粪桶的尿当水正好淋在了我的头上。"

今年，大水哥刚过 57 岁的生日却患上了食道癌，不久就去世了，临下葬前，我看见邻村的叶二喜老人，带了香纸鞭炮，在大水哥灵位前默不做声地跪下，磕头磕了好久。

我的童年在村子里晃荡

这是盛夏的午后，我的童年在村子里晃荡。

念书的时候，我总是“三天打鱼，两天晒网”，经常旷课，老师家长都不问津。更不像现在的小孩，有那么多的家庭作业。我经常不知道自己的书包丢到哪儿去了。

我的村子很小，两分钟我就能绕村子跑个遍，也因为我童年的速度的确很快。因为村子小，没有几个玩伴。无所事事的时候，我总是一个人绕着村子晃荡。谁家屋檐下的缝隙里，有几个麻雀窝，我都一清二楚。谁家墙壁上的毛主席语录，“最高指示”或者“最新指示”，乃至“送瘟神”的标语，我都站在那儿念过一千遍了。

盛夏的午后，大人们都在家里歇暑、午睡。整个村子外边空荡荡，没有一个人影，强烈的日光明晃晃，裹着湿气不断上升。我裸着上身，穿着短裤，打着赤脚，猫腰躲过父亲严厉的目光，溜到外边。先是溜到菜园地里摘黄瓜，没有黄瓜的时候，也会溜到公家的打瓜地里偷打瓜。然后爬到村子南头的桐子树上，乘着树荫，吃起新鲜的瓜来。有时候甚至朝下边随地大小便。偶有大人望见，说以为我是一个鬼。

有时候，我跑到村子北头的树林里找鸟窝，往往一个人不敢到林子更深处去。有一次，我猫进更深的林子里，上树去掏一个鸟窝，满以为鸟窝里有一窝小鸟，收获大大的。手探进去，抓着的却是一窝冰凉的东西，不像小鸟的身子那么温热。我一缩手，一条大花蛇绕着树枝跑了。我松手从树上快速滑下来。之后，很久都不敢往林子深处去了。而且大人说，正午的林子里，正是鬼怪纳凉的地方。

这时，我会继续绕过树林，去湖边晃荡。我的村子是一个临水的村子，北边靠着泊湖，上午或者傍晚的时候，我们大多泡在湖里玩，和玩伴们打打水仗。现在，一个人也想下水，但是又有些怕。因为盛夏的午后，正是传说中水鬼出没的时候。临村有好几个孩子，曾经就是在这个时候淹死的。

我只好往回走，很无聊的。于是会随手捡起一根树枝，沿田坝上，边走边敲打着金黄的谷粒。走到村口，正好一只蝉停在树上，它拼命地叫喊。我停下来看着它，想象着它到底在喊些什么。然后丢下手里的树枝，猫着身子，小心翼翼地靠近树底下，快速一出手，将蝉逮着了。

这时候，一只雪白的大鸟正立在附近的田埂上。鸟在一片辽阔的金黄里，白得耀眼，我的眼睛一亮。我断定，我是想象着拥有那只大鸟。我轻轻地往田埂上走去，快靠近的时候，白鸟一展翅，拖着长长的双脚，缓缓地飞起。

我立在那里，目送着白鸟飞走，感觉天越来越高，越来越远了。

独坐清明

老父叫我回家做清明。我捡了节前一个风和日丽的下午，带上几挂鞭炮，几包纸钱，几把香，回到乡下的老家。

老父不知道我会哪天回来，门是锁的。我须等他，便到村子北边的河沿去坐坐。这河边有一座昔日的抽水码头，这是我童年游戏过的地方。到这儿要穿过一片地垄，此时正是油菜花灿烂地开的时候，花香扑鼻。我坐在一片黄花的边上，坐在一片水域的边上。久了，不禁生出许多的感慨来。

这些年，我实际上是以诗文为生。“待到山花烂漫时，她在丛中笑。”如今花儿烂漫，许许多多的梦想，此刻真的在内心里动人地笑。

清明本是祭祖的节令，我的祖先的坟碑代代立于乡土。我想，好像我这些年的诗文倒是为乡土而作的。老父当初供我念书，可能是要我离开这世代生息的乡土。而后来，我却一直要暗恋着这地方，这一定与老父的想法不一致。但是，我只有这样，内心才会安稳。

有几个后生牵着牛，从我的身边怯生生地走过。他们不认识我，我也不认识他们是谁家的孩子。但是，我却可以断定，他们的父母一定是我童年的玩伴。再看看那些花，它们开得如此的热烈而短暂；看看那些水，清澈地流过去，不留下一丝痕迹。

我开始怀疑我以前的诗文。我想，以前，我的文字在“情”上已经抵达了乡土，但是在“理”上却并不够。因为，在这充满清明的气息里，我呼吸到了一份深重。我以前的文字并未有触击乡土的本质，只是浮于表象。

我感觉到自己的卑微和渺小了。愈来愈觉得该做些实在的，为这乡土，为这清明。我也感觉到，只有今天，在这清明里，我才通了灵气。也只有这故土，才会永远给予我们灵气。

返　回

离我居住的小城五十余里的那个村庄，是我的故乡。我和故乡之间相隔着一片山水。

很多年以来，我总在不断地返回故乡，在出租车里完成着一次又一次的返回。但是，每一次的返回，似乎只是一眨眼的工夫就完成了。我的思想总跟不上出租车的速度，它和我码在车子里的四肢一样慵懒。因此，每一次的返回，都有一种近似虚构的感觉和意味。我总以为，这不是真正意义上的返回。

今天，我又将回到故乡。与以往不同的是，这次我是带上一辆自行车一起返回。确切地说，是一辆自行车引领着我，试图去完成一次返回。

……车子穿越秋日早晨薄薄的雾霭，就出了小城。出了繁忙而嘈杂的小城，我的内心似乎随着两个轮子一起转动。我听见了轴承里发出的“嗞嗞”声，清脆而明亮；还有轮胎与大地摩擦的声音，温暖而柔和。它们一路上在我的思想里歌唱。在弯曲而平展的沙土路上，偶尔回望我们的足迹，我看见，车轮碾过一条细长的印记，不断地伸向遥远，伸向我所居住的小城。这个印记，连接着小城和我的村庄。

我们需要穿过一片丛林。阳光的金币从树荫的透隙间洒下，与落叶一起舞蹈。下面，偶有野兔出没，猫着腰在小心地觅食。再听那匿藏在密林里的两只小鸟幸福的尖叫……我似乎真的看见了光阴。穿过丛林就是一条沙河。沿着沙河的大坝上行走，我想，这些林中出没的野兔，水中游动的小鱼，它们是否也需要返回？但我确信，天空中那些成群飞翔的候鸟，像我一样，真的是在返回故乡。所不同的是，它们是用翅膀在天空中行走。然而，它们是否也能听见翅膀与天空的摩擦——那种柔和而细小的声音呢？

望见远处收割了的田野，空旷而辽阔。行走在万里阳光之下，秋高气爽。我知道离故乡越来越近了。远远望去，那个渺小而亲切的村落，开始慢慢变大——我完成了一次返回。

一辆自行车帮助我完成了一次返回，这是一次汗淋淋的返回。现在，我开始想，那是一辆思想的自行车，带上它，我就成了一个思想者……

遥远的端阳

我们生活在一个充实而空虚的小城，穿着干净的西装，呼吸着车辆的废气，像养殖在城市池塘里的一群鱼，成群结队地游弋在现代文明的倒影里。其实，我们都出生在乡下，曾经都生活在那个遥远的端阳里。

端阳到了，爱人从农贸市场上买回几支苦艾，插在门边；小区里荡漾着粽子的叫买声——现在，我们的端阳似乎早已简化了。但是，它那滔滔不绝的述说，总是柔软地插叙在我内心最脆弱的一角——苦雨中哭泣的麦子，姐姐篮子里飘香的粽子，龙舟上大汗淋漓的汉子……

现在，又是端阳。我想起乡下我家那个古老的庭院，随着季节的展开，已是芳草萋萋。母亲走了，她的炊烟随她的灵魂一起升上了天空；我的兄弟姊妹都已婚嫁，散了；只有老父亲一个人留在那里，他一个人的足迹，难以践踏院落里疯长的茅草。那些茅草真的像一个人的记忆。直到现在，那五月的麦子，粒粒饱满的金黄色的麦子，依然像鸟雀一样，叽叽喳喳，纠缠在我的思想里。那些寒冬的梅花，总开在我内心的枝头，成为我与命运抗争的力量。还有那些喜鹊的叫声，在门前的树枝上跳跃，演绎着吉祥的安慰。而乌鸦粗犷的叫声，则像蛇一样，缠绕在我的梦里，成为记忆中饥饿与苦难的征兆。

其实，我记忆中的端阳，更多的是麦子。在五月到来之前，那铺天盖地的麦浪，像大海一样翻滚。我的村庄就像大海里的一条小船。人在麦地中行走，成为一个小小的黑点，淹没在辽阔的绿意里了。当五月到来的时候，漫天的麦子一下子全都变黄了，母亲在掰着指头盘算着开镰的日子，我们也都在想象着新麦粑的滋味。而什么时候，不知不觉中生出许多的叫山雀，它们以麦地为家。有时，一群叫山雀忽然从麦地里飞出，发出愉悦的尖叫，翻转着身子，直上云霄，那飞翔优美地划过我童年的心空。这时候，麦子超过了我们的高度，我们穿过麦地间的羊肠小路去上学。传说中的麦王鬼就是我们穿过麦地时最为恐惧的。有一次，我早早地躲在麦地的一角，等我邻家的妹妹到来的时候，我突然“哇”的一声出现了。邻家的妹妹吓病了，我也因此挨了母亲的一顿臭骂。到黄昏的时候，她的母亲拖着一支扫把，牵着她的手，到麦地间招魂去了。第二天，我们相安无事，恨的只剩下那麦王鬼的传说了。

现在，端阳向我遥远的叙说，已变得渐渐模糊了，甚至虚妄了。这个时候，我的内心像是收割以后的麦地，一片辽阔，一片空旷……

雪，水的舞蹈

雪花在天空中飞舞，大地一片苍茫，一片辽阔。我走向大雪，走向大地的深处，仿佛要远行。像一个孩子，不知道自己要走向哪里。我只想孤独地前行。在嘈杂和喧闹中，好久没有这样思想过。我可以细心地观察雪花的舞蹈，可以静心地想象一下，我们到底要保持一种什么样的姿态，才能与这飞扬的大雪和辽阔的天地相融。

大雪覆盖了脚下的衰草，以及陈旧的路。我看见雪像花朵，洁白地飞翔，在自由的天空里，神秘而智慧。它的舞蹈是踩着梅枝的节拍，踏向一些人的内心。我又看见雪像羽毛，纷纷扬扬，零乱而疯狂，仿佛谁在受伤，在命运的天空搏斗……

现在，我记起了我的二哥，他在大雪中烧炭的情景。一大清早，他头顶大雪，挑着担子来到街头，先是扫出一片雪地，然后就烧烤他的山芋。人们一律躲在温暖的家里，间或有人开门出来买他的山芋。满街都是雪白，只有他的黑——黑的炭，黑的脸，黑的手……在一片雪白中显得异常——我正是从他的摊位前路过，欢快地去上学的。

我的母亲也是在这样的雪天里远去的。那是我比较小的时候，我还记得，也是一片广阔的白，许多人头戴白巾，天上飘着雪花，间或散落着爆竹的烟花，人们踩着巨大的音乐，一步一步，坚定而缓慢地前行，送我年轻的母亲上路。

这是雪的舞蹈，在它经历一个轮回的含蓄之前，它是霜，是雾，是露珠。

霜打在地上，打在晚秋空旷寂寥的田野和土路上。母亲开始出发，到地里去挖山芋，以备足我们一家人一年的粮食。在我的记忆中，母亲一生都是这样，每天清早踩着脚下的霜出发。没有霜的时候，有时候是雾。雾随着地气上升，在人们醒来之前，罩住大地上的事情。母亲照样从清早出发，没入雾气之中。当阳光驱散所有的秘密，母亲就收获回家了。

我也记得露珠在草叶尖上的舞蹈，它小小的身体，在早晨鲜嫩的阳光里颤抖，那种颤抖清洁、晶莹而又剔透。我仿佛看到它草根一样的足踝，深深地插在泥土里。我的记忆中就是踩着露珠的音乐开始上学，走过我金色美丽的童年。而我的姐姐们也是沾着清晨的露珠，去河边洗衣，去放牛，去采猪菜，去田里插秧。我曾经低下头去观察过一颗露珠，细小的水，在阳光下的草尖上转动，当微风拂过，或者人在附近走动，都足以让它颤抖。我想，这种宁静，仿佛姐姐们剔透的心事。

其实，我的母亲就是踏着露珠，从河流的对岸来到父亲的村庄，然后就有了我们。

在大雪谢幕之后，我追寻它最初的存在，那是雨，是水。大雪之后它会还原成雨，还原成水。雨，有时候疯狂，有时候绵和，像一个人的心情。记得我曾经就在大雨里奔跑过，那是很多年以前，经历一场所谓的挫折以后，将自己年轻的心事，在狂风大雨里挥洒、暴露、冲刷。而当细雨绵绵的时候，我会像许多人一样，想起雨巷、油纸伞和丁香一样的女子，那种古典的心情，足以让人想起年轻的岁月，引发淡淡的人生忧伤。

大地上无边的水，它的舞蹈太辽阔：江水的舞蹈，大海的舞蹈。我说它太辽阔，是一种敬畏。我想，在那种直奔主

题的舞蹈面前，我太卑微，太狭隘，我没有那样足够大的胸怀去想象它、容纳它的舞蹈。它的舞台是大地。

所以，现在我像许许多多的人一样，在大水的面前，保持永远的谦卑。因为大水舞蹈的魅力，足以影响到一个人的胸怀，影响到一个人内心的舞蹈……

在前世今生和来世之间走动

戏已经谢幕了，我想回家。

可是我记不清回家的路。现在，行走在苍茫的大街上，我不明白人们在匆忙地追赶着什么。我看不清方向，不知道到底该往哪儿走。

她们都走了，我知道她们先后蹚过城西的沙河。沙河往西有一座城，我隐隐约约望见她们消失在那座城市的中央。

我的身子太重，我想，我蹚不过那条河。河面的流水漾动着时光的波纹，河的两岸布满嫩绿的芳草，在春日的阳光下闪烁着轮回的光芒，它们逼视着我的眼睛。而当春天的第一场雨下来，河水开始暴涨，渐渐漫过了河堤，漫过了一个人来世的远景。

那就让我的灵魂蹚过去吧。我在春日的暖阳下，手拿一本尘世的书，来到水晶的天堂边上，坐上一个下午，我就到了来世……

可是，我终究是一个尘世的人，我不得不从时光的隧道里返回，返回欲望的城市。

戏真的谢幕了，我要回家。

现在，我望见了远处的那个村庄，已经张开了她宽大而温暖的胸怀。慈祥的绿意里布满天籁，让我仿佛回到了前世。

在那里好好睡上几天，在清晨听听雏鸡鲜嫩的第一声

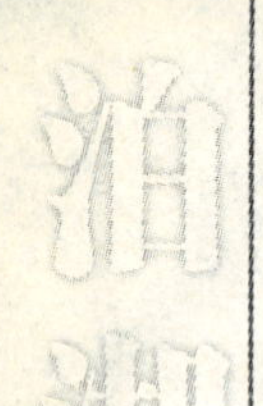

啼鸣。

阳春的午后，一只小黑狗，先是朝我嚷嚷，而当我的双脚跨进家门的时候，它宽容了我的冒昧，摇摆着光滑细小的尾巴，蹲坐在我的面前，仰视着我历史一样的表情。几头小猪从我身边悠闲地走过，仿佛没有发生过任何事情。河滩那边，啃草的牛，先是抬头举着疑惑的眼神，然后安详地回到它的生活里。

村子里，一些小母亲们亲切地和我打着招呼，而我很感惭愧。因为我叫不出她们的名字，也不知道是谁家的媳妇。在屋场上奔跑的后生们，却一律以陌生人的眼光考量我。但是，我能从他们的长相猜想出谁是谁家的孩子。因为他们的父亲曾是我前世的伙伴。现在，他们都出去淘金了。

几个七老八十的堂兄们，叉手叉脚在屋场上走动。他们的表情看上去有些迟钝，但一眼就能认出我来。从他们混浊而亲切的眼睛里，我看见了时光在慢慢地老去……

在乡村和城市之间走马观花

好像现在的夏天比过去的夏天热。有一个周末，我在小区外面的走廊里和几个邻居一起纳凉，当时是打着赤膊穿一件背心。突然想起要到大街上去办个事情，正好一辆公交车来了，我急忙跑上去。刚投过一元硬币，才意识到穿个背心搭公交不雅观。正不好意思东张西望看人家脸色的时候，发现车子上好几个女子也穿的背心，而且她们的背心带比我的细多了。于是我泰然自若，坐着公交跑到大街上去了。

前几年听说我们小城发生过这样一个故事，几个农民工好久没有回过家，晚上无聊，聚在工棚里看黄色录像。突然派出所的人来了，吓得他们跑的四散。因为外面漆黑，其中一个人不小心跌进了工地上的石灰坑，差点没命。好像现在没有发生过这样的事情。

现在农村夫妻男人和女人一年到头在一起住不了几天，男人在外打工过年回来一小聚，过完年就去城市了。现在的小孩大多不和父母在一起，总和爷爷奶奶一起过。我老家的杨炳生这几年在外赚了点钱，怕误了孩子，就让老婆玉娇带孩子到城里念书陪读，时间久了，玉娇不小心和附近的石匠包头有了故事，把炳气了个半死。

计划生育突击的时候，村委会王主任又累又烦，饭没吃好饭，觉也没睡好觉。有一天，他苦中作乐，笑着对我说：“计

划生育再这样搞下去，不让我们农民兄弟超生几个女孩，那以后我们到城里去没人给我们洗头洗脚了。”

我小时候的伙伴大毛这几年一直在城里打工。有时候，我从他们的建筑工地上走过，远远望见他站在高高的脚手架上，戴一顶黄色安全帽，像一只鸟。有一回天下雨，我看见他们聚在工棚里喝酒、摔牌，身上沾满了石灰浆，喝红着脖子。我问他收入还好不？他说今年大概能挣个一两万吧！可是，前不久，听说他关到“号子”里去了。因为包工头没给足工钱，讨了两个月，最后大毛为首把人家关在屋子里，打断了人家一条腿。

蔡花家男人一年到头在外。家里有什么事情，蔡花总是找同村的叶叔，后来听说蔡花和叶叔有点那个。有一个晚上，蔡花公公瞄见一个男人身影进了蔡花家，蔡花公公过一会就跟着进去“捉短”，却看见一个人影从后门一闪就不见了。

去年我在大街上见到我小时候的玩伴小凤，他望见我后迅速地闪进了人群。小凤小时候漂亮得像一朵花，她没念过书，崇拜念书的人。后来她嫁给了一个城里人，大她十多岁，腿有点瘸。今年过完年，我又在车站碰见她了，她送大女儿出门。她老得真不像样子，十七岁的女儿却像她小时候一样漂亮，不同的是涂了鲜艳的口红，画了紫色的眼影，打扮得艳丽。问她过得好不？她说大女儿去年初中毕业，外出挣了不少钱，日子好过多了。

最近到石桥村采访，在石家大屋，一对五十多岁的夫妻俩找到我：请“领导”（我）为他们做主，帮他们到法院打官司。他名叫早生，有兄弟三个，他排行老大。老二桂生是个三十出头的光棍，在家种田，老三石头一年到头在上海打工。他们说，最近石头的老婆兰花不要脸，勾引老二一起私奔了，一直没有归家。他们说：一定要到法院告她，非让她坐几年牢不可！

现在网络上有个时髦说法：“哥只是个传说”。然而，在许多中学乃至小学里，孩子们一直在上演着这个传说。男孩和女孩之间好像都喜欢结拜哥哥妹妹、姐姐弟弟，老师和家长们无从下手，不知道是不是在谈恋爱。

稻　草　人

五月的天空中，一群麻雀不知从哪里飞来，歪歪斜斜地兜了一圈，“哗啦啦啦”，落在一块成熟的麦田里。忽然一阵风吹过，田埂上那个模样像人的怪兽，便摇摇摆摆地打起了手臂，鸟们又“哗——”的一声飞开了。

这怪物便是稻草人。

我忽然想起了小时候的语文老师乐老先生。他一脸的严肃相，坐在讲台上，两眼躲在一副黑架子老花镜后边，眯着眯着便打了瞌睡。学生们在台下念书或者做作业，背地里都不敢玩自己的戏法。有时在校园里或者在校外，我们三五成群在做着不守规矩的事情，乐老先生来了，我们便作鸟兽散。他本就没有注意到我们——他总是肩背微驼的，双手拢在背后，走着走着在想他的问题。

后来，当我们识破了乐老先生的机关时，他已经把我们送入高一级学校了。

现在我知道，在熟悉的鸟们里面，稻草人站久了是不会管用的。我就在背地里仔细观察过鸟们偷吃麦子的过程，聪明的鸟们几经试探，发现这诱人的麦粒还是可以去偷吃的。因此，这稻草人是该换换模样了。

其实，现在的我就是这个样子。我教了十多年书，曾经为我作稻草人样颇有些骄傲，一茬一茬的学生们成就了学业远走

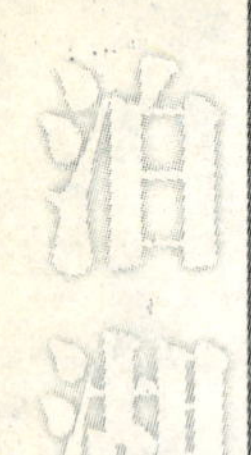

高飞。但如今已换了工作的我还是一副原来的模样，正如立在田埂上的稻草人，当一阵风吹来，我便摇摇摆摆地打了手臂，当风停下来，我却站着动不起来了。这副老模样越来越不适应新的工作，这使我颇感懊恼。有时，我坐在办公椅上拗过来拗过去，或者一个人在办公室里走来走去踱着步，都是想着诸如此类的问题。

现在我开始想，为守护好麦田，我该换换模样了。因为稻草人，是与麦子和泥土有关的人。

回　　家

在离家的那个夏天的早晨，在三轮车冒着黑烟“咚咚咚”开动的那一瞬，望着被黄土灰尘覆盖的乡村，我心里狠狠地想：在这个落后的地方，做这份没出息的工作，我再也不会回来……

从皖西南的穷乡僻壤，来到高楼林立、热闹繁华的广州，我揣张地图直奔应聘的那家电视文化公司。在家时我已经以函寄材料的方式通过了初试，这次面试我又很顺利地通过了。可是老板说要安排我到成都的分公司，试用期两个月，月薪五百，给我一天的时间考虑。这一夜我几乎想到天亮。人家卖苦力打工每月也能挣个千儿八百，凭什么我就只值五百呢？况且我原本是要到南方，如今去成都不是南辕北辙么？第二天，我一个电话把它辞了。

几天后，当我跑遍了广州所有的人才市场，我才发现，我错过了一个很好的机会，一份难得的工作。后来，我找了好久工作依然没着落，口袋里的钱也用得所剩无几。于是我拣最便宜的旅馆住，每餐吃面包充饥。在这个人口拥挤的大都市，我举目无亲，孤独和饥饿开始向我袭来。夜里我常常自己对自己说：“你是谁？你何苦来着？”然而当我想到，在那个遥远的偏僻落后的乡村生活和工作，以及对现代大都市的向往，我就咬牙切齿地对自己说：“姓刘的，你给我顶住，既然来了就别回去！”

许是老天保佑，在一家商业信息报社，我终于有了一个面

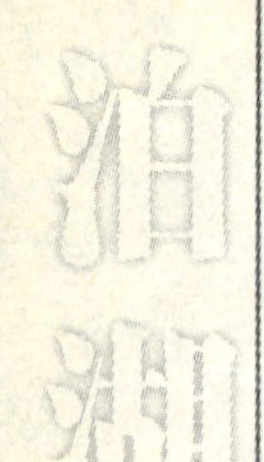

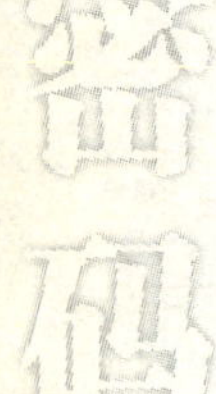

试的机会。面试我的是一个表情淡漠的女士，她先是盯了我一会阵子，盯得我心里发毛，问题也提得五花八门，搞得我疲于招架。突然她切入正题："如果你是本报老总，你会本着什么宗旨来办报?"天哪！怎么问起这个鬼问题，我想了想说："为开拓本地乃至全国的商业市场提供最新最快最有价值的信息。""还有呢"她继续问，好像一定要把我问倒似的。我心一横说了句："报纸也要赚更多的钱。"我刚说完她就紧接着连声"OK、OK"。她说"OK"时面孔仍是冷冷的，搞得我竟不知这"OK"是什么意思。"明天你可以上班了。"这下简直不相信自己的耳朵。

我所干的工作是每天收罗对我来说毫无兴趣的商业信息，这与我来南方的初衷相去甚远。久而久之，我干得枯燥乏味，工作和生活单调而苦闷，每天挤公共汽车上班下班，在大食堂吃饭，在集体宿舍睡觉，似机器人一个。离家两个月，妻子的信一封一封地来，结婚四年来她第一次给我写信，第一次称我"亲爱的"。儿子睡到半夜喊"爸爸"。我的心渐渐地软了，半夜常常梦回家乡，梦里的穷乡僻壤变成了世外桃源。现在看来，"教书匠"那份工作要比这个有趣得多。有时哀哀地想："不如回家，不如回家。"后来，我开始常跟同事谈起想回家的事。

有一天，老总把我叫到他的办公室。当我坐到他的办公桌前面时，我猜想这是老总发现了我心不在焉，这下得滚蛋了。可是他说："你干得不错，我想提拔你任剪报部的主管，给你加薪一档。不过，你得安心在这里干，我们签订三年的合同，中途不得离开。你自己考虑一下，明天给我答复。"

这夜我彻夜未眠。我想，不是每个人都有这样的机会。可是留下来，这工作实在枯燥。这里也举目无亲，没有人情味，那边又有妻子又有儿子的牵挂。而且经过了两个月以来在大都市里狭缝中生活的感受，我已经改变了离家以前的看法。即使是工作很如意，我也无法摆脱心理流浪的感觉。

于是我决定：回家！回到我原质原味的乡土！

异乡的温暖

我平生叫过一次120，不是在家里，而是出门在外的时候，而且是从一家医院到另一家医院。我以为，有些事情需要记着，不是因为别的，而是因为感动。

那是2004年的秋天，我在上海复旦大学附属的一家专病医院陪护亲人。那是一家全国知名的专病医院。我们住的病房一共有三个女病人，三个陪护人员，就我一人是男的。另外两张病床的病人分别是浙江和上海市区的，浙江的那位病人是位农村大妈，由她女儿陪护，她女儿30出头。上海的那位病人是位退休干部，陪护人是她雇请的一位安徽巢湖大姐。住在同一个病房，我们很快就熟识了，平常也相互关照着。

有一天夜里，我突然感觉肚子痛得厉害，而且发着高烧。同在一个病房的那两位大姐妹对我关爱有加，像自家的亲人一样，帮我倒水喝，问我要不要吃药和打针。看到我难受的样子，她们去找值班医生和护士，帮我要药，医生和护士说，他们只诊专病，也不好给药，要另想办法。开始，我以为是着凉或者是感冒了，扛过夜里就没事，等到天亮再去吃点药或者打个针就会好的。不料，半夜里肚子疼得越来越厉害，人也烧得越来越糊涂，感觉实在挺不过去，我模糊地说了一句：不是感冒。她们关切地问我：是不是晚上吃了什么东西？我说：晚上吃的和你们一样，只是吃了一只我爱人吃剩的虾子。我想：我

爱人刚做过手术没几天，吃了好几只都没事，难道我吃一只就不行了？事情就是这样，也许是吃了虾子我过敏反应。我高烧得神志渐渐模糊了，依稀记得，两位大姐妹要带我去医院急救室，我走不动，她们就跑到急救室去喊人。急救室说，他们只受理专病急诊，其他的急诊无法受理。两位大姐妹半夜里急得不知所措。病房的值班医生和护士都急了，他们说以前没有遇到过陪护的人发急病要急救。到底是值班医生有办法，他帮我拨通了120。

很快，一辆120急救车开到我们病房的楼下，两位大姐妹一人抓一只胳膊帮着医生把我抬上了急救车。在她们的陪同下，十来分钟以后我们到达一家医院。她们帮我交钱办手续，在病床上，我被推来推去做各种检查，然后吊水。这时候我的意识非常模糊，只知道全身大汗。到第二天上午，我醒过来了。我问这是哪里，巢湖大姐说这里是中山医院急救室。她们把我扶到卫生间，我撒了一泡小便，通红通红的。我像是走过了一场劫难。

三年多的时间过去了，我难以忘记的是那两位朴素的农村大姐妹，在我远在异乡为亲人求医的时候，在我最无助、最为难的时候，她们给了我最无私、最朴素的帮助。在心底我会永远记得她们。不知道她们现在在哪里？过得怎么样？

献出一些血

我想献出一些血。我说这话并不是因为我有多高的觉悟。相反，在以往的年份里，单位里组织职工义务献血，我都没有报名。那只是缘于内心的一种恐惧，一种对于血的鲜红的敬畏。现在我开始想献血，依然是缘于敬畏，或者崇拜。

小时候，我们的父母教导我们，要珍惜血，就是要珍惜生命。他们传说，人的一滴米粒大的血，需要三年的时间才能长成。我们相信了一个神话。我们的身体上哪儿出了血，哪儿就有痛。这是我们对于血的最初的认识。稍后，我们知道了，一切生命的来临都与流血有关，一切生命的消逝也与流血有关。一句话，血是生命血是痛。如此，我们从小就有了血的世界观，这也许是我们最初的世界观，对于血的崇拜。

对生命的认识，我们是从血开始。因此，一直以来，内心里那种对于血的恐惧，敬畏，或者崇拜，统统化作对血的珍惜，对生命的珍惜。我多年以来都没有报名参加义务献血的事，现在想来，多少还是有些羞于启齿。这是缘于我对生命的狭隘和自私的理解。那些急需补充血液的人，大都是生命的需要。我并没有想到，我让出一小瓶子的血，可以延续一个人的生命。而且，从生命科学和医学上讲，适时适量地献出一些血，有利于自己血液的再生，有利于身体的新陈代谢。以前我只想过，那些由于贫困等原因去卖血的人，他们是在抽出自己

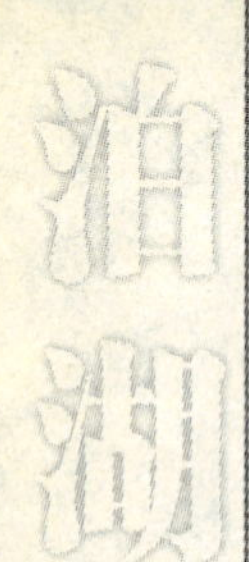

的生命，他们肯定感觉到了痛，他们是用一种痛试图去消解另一种痛。

经历了一些人和事，也经历了一些与命运相关的痛。现在，一直以来害怕献血的心理，突然被什么撞了一下，让我考虑有必要去献出一些血。现在我想，我的生命活到现在，没有流过血，而我身边的许多人，一些熟悉或不熟悉的人，他们的生命故事与血有关。而我的生命也肯定是有限的，有必要去体验一下生命的痛，流血的痛，哪怕是一种象征，都有必要。何况我们的血还可以救助一个人，这个人也一定是正在经历生命与痛的人。

因此，献出一些血，会让我更善良，也更坚强。我想。

感谢初恋

不是没有过刻骨铭心的初恋，不是没有过美丽如斯的往事，只是，过于忙碌的日子一天一天地占据着实实在在的生活，太多的感慨不得不退回到心灵的深处，无从说起。今天，我却要写出我的初恋故事，只是想说说，许多的回忆经历岁月的风雨，愈觉亮丽，已经成为生命的财富，应该好好珍藏。

我的初恋发生在80年代的师范校园里，那一年我19岁。

我的母亲是一个勤劳善良的农村妇女，我从小就认为，像我母亲一样的女人是世界上最好的女人。自从我懂事的那天起，我就在心里默默地想着，将来要找一个温柔贤惠的女人做老婆。

记得那年冬天，天气很冷，阳光却格外充足。课前课后，我们总要在教室朝阳的走廊上晒太阳。隔壁教室的那个名叫红叶的女孩子总是出现在我的眼前，她长得很秀气，说话声音很轻很柔。我几乎是一见钟情地喜欢上了她。可是那时候，学校里三令五申不准学生谈恋爱。于是我只得默默地采取“地下行动”。

那是一场并非浪漫的恋爱，越是不敢明目张胆，偏偏越是陷得很深。但是，这并不影响心情的浪漫。第二年春暖花开的季节，她的衣裙开始亮丽起来，我在运动上频频夺冠，歌也唱到了校园舞台，我还在《安庆报》上发表了诗歌呢。

事隔许多年以后，我仍然清晰地记得，那时候的心情因爱而多么向上，同时又因不懂得爱而多么苦恼。直到我毕业的时候，分手如期而至。因太书生气太不懂爱，在爱与狭隘的自尊之间，我选择了所谓自尊。我不知道该以何种方式告别，不知道是笑还是流泪，不知道该不该再挽回些什么。离校的头一天，在教室的楼梯间，一位下楼的老师无意打断了我们之间可能不是今天这种结局的一次坦诚的相约。

后来，直到我现在看来是错误的认为爱已走远，到了千山万水之外的时候，我跟我妻子结婚了。再后来我常想，那一段生命开花的部分是多么纯真，在我的婚姻之外应当好好珍藏，一生都不敢忘记。在我最困难的时候，它让我时时自觉地战胜卑琐和庸俗，使我在工作和生活中作不断的追求。

有时候，我觉得世界也真是太大，在一个小小的县里。在10多年的时间里，我们居然没有过一次偶遇。但是，世界又确确实实很小，13年以后，我的8岁的孩子因我调往城里工作而转学到县城一所小学就读，她因工作出色恰恰了调到这所学校；更巧的是，我的孩子居然分到了她所任教的班上。我的孩子在那天报名回家的时候欣喜若狂：“我的老师好像认识我，老师认识我！”

我以学生家长的名义向她拨去电话，并笑着向她问候：“这些年你过得还好吗？”从电话筒里传过来的声音中，我仿佛感觉到她的眼睛里闪动着感激的泪花。不久，当我到学校接孩子并微笑着站在我面前的时候，她大大方方地说：“那真是一段纯粹的往事，我真的很感激你大哥哥一样的问候。”是的，正如我今天要写出这篇文字一样，我也是想说，我将永远抱着一份感激的祝福的心情，珍藏我们之间那段无法也无需省略的往事。我曾经失去了一个不是属于我的女人，可是我毕竟没有错过那份注定属于我的爱。生命把我的初恋安排成一段美丽如斯的故事，让它开出一朵灿烂的花，如今又结出一枚祝福和感激的果实来。

木子三美

那年初夏，我师范毕业，在县城一所小学实习，教六年级语文。我与小同学们相处得非常融洽，他们总爱三五成群地围着我，问这问那，叽叽喳喳。

在这群天真快乐的孩子中，我发现有一双忧郁的眼睛总在凝视着我，神情是那样的专注。她坐在教室的后排。课后孩子们围着我时，她总是站在远处，胆怯地笑，有一种不可捉摸的忧伤。

这孩子叫李海，我去接近她，用我的关怀去温暖她。向她问话的时候，她总是怯生生的，低着头。我猜想，她一定有一段酸楚的经历。我设法与她交流，她却总是不开口。我无意中说了句，你把我当做你哥哥好吧？没想到，她却哇的一声哭着跑开了。

一个星期天的上午，我约她单独见面，这次她向我说出了她的一切。她说她小时候很快乐，妈妈给她取了个日本名字“木子三美”，是由她的名字“李海”演化而来的。她爸爸已经调到安庆工作，妈妈和哥哥在六年前车祸身亡。她与后娘和后娘带来的弟弟住在县城里。后娘对她很不好，她好孤单。

我对她的不幸十分同情，我要给这苦命的孩子多一些关怀，并经常与她交流沟通。渐渐地，她对我信任了、依赖了。她的笑容一天天灿烂起来，学习成绩进步很快。我也为自己在

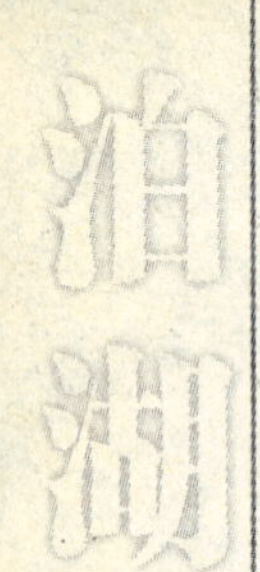

教学实习中取得的成绩感欣慰，对她的师生情中更多地注入了兄妹般的亲情。

有一天放学的时候，其他的学生都回家了，她却老跟在我的后面，又用那种忧郁无助的目光望着我，我问她她却不开口。直到操场旁边，她突然说：“我要死了，我流了好多血……”她用求救的目光望着我，我愕然，问了好半天，才明白了，这是女孩子的初潮。我叫她去找后娘，她说不敢。于是，我红着脸硬着头皮向她解释了半天，她才轻松地回家了。

两个月的实习生活很快过去了，在我离开学校的头一天，她来送我，哭着叫了我一声哥哥。我把我家里的地址告诉了她。叫她有事就写信给我。

我在家乡的一所小学里教书，不久就收到了李海的来信。她说她爸爸要接全家人去安庆住，她也将要到安庆上中学，要我去车站送她。可是，那天，我很忙，没有去。她一定很失望。后来，她再也没有给我写信。

不知她现在还在不在安庆，过得怎么样。

我的女儿

我的女儿，我多么希望你是个女儿，你还没有来到这个世界，在此之前，我有好些好些话儿要说给你听。

张开你的小小的耳朵吧，静静地聆听，我的小小的安琪儿。

你还在妈妈腹部的那个小小的世界里，不安宁地动弹，那世界毕竟太小太小了啊！

那么你来吧，我的女儿，到这个世界来，这个世界很大很大，这个世界有好些好些你喜爱的，还有你爸爸、你妈妈第一次做父母时的温慈的面容……

我的女儿，你来到这个世界，爸爸会给你买好些好些的玩具：魔方、积木、变形金刚……如果你不像男孩子那样地喜欢这些，那么爸爸会给你买天下最最漂亮的衣裙，给你扎最最鲜艳的蝴蝶结、红头巾，任你在爸爸的校园里蝴蝶般地飞来跑去。

爸爸是教师，六一儿童节时，爸爸教他的学生在装饰优雅的舞台上跳的那些活泼的舞蹈，真是棒极了啊！你不嫉妒吗？你不想吗？快快来吧，我的女儿。那时爸爸会每晚每晚地教你跳舞，跳五彩缤纷的舞，那时你不会因为你是全校最会跳舞的孩子而骄傲吗？

我的女儿，你来吧，到这个世界来，跟你的伙伴一起做游

戏，拿晶样的沙粒建房屋，拿美丽的蚌壳去盛水，拿叶儿纸儿做船只……啊，我的女儿，这一切不会让你高兴极了么？

夏夜的时光，你在小小的摇篮里睡眠，妈妈会在夜里以她轻柔的喃语，伴你陪你甜甜的梦幻。有时几只萤火虫飞来，浮在你如水的小唇边上，来照亮你的呓语呢，我的小小的女儿啊。

爸爸会写诗，你长大以后，爸爸一定会教你写诗，写世界上最最美丽的诗。到那时候，你写的诗一定要比爸爸的纯洁美丽得多呢！

我的女儿……啊！我小小的女儿，除了这些，你不知道，爸爸还有多少话儿要说给你啊。

我还能说什么呢？我的女儿，我的孩子，你来吧，快快来吧……

“圈养”与“放养”

朋友从我的文字里发现了我的童年。有一天他来到我的办公室，说没有想到我的童年是如此富有诗意，令人羡慕。我说有啥好羡慕的？苦着呢！其实我的童年是在放任自流的状态下成长的，父母对我的管养基本属于“放养”。我们彼此乐呵呵了好一阵子，把一帮子朋友一一拿出来对号入座：谁属于“圈养”的，谁属于“放养”的。

是啊，现在菜市上出卖的家禽鱼肉，大多是圈养或养殖的，长得膘肥体壮，非常好看。然而，吃起来总是感觉味道不够鲜美。究其原因，都是因为圈养或养殖的缘故。圈养的家禽家畜，养殖的鱼虾，整天在有限的空间里，缺少活动，吃的都是现成的精致饲料，甚至添加生长素，长得很快。这个圈养养殖的好处就是，主人会得到比放养更好的经济效益。

我们总是感觉鲜美的味道往往停留在记忆里，因为我们在小的时候，吃的鸡肉猪肉鱼肉等，都是自然放养或自然捕捞的。自然放养的家禽家畜活动量大，吃的都是虫子、野菜之类的，肉的味道自然是鲜美而富有营养的。

难怪，现在的食客选择肉类都有讲究，讲究“土”、“野”，土猪、土鸡、土鸭、土鸡蛋、野生鱼鳖等等不一而足。而现在市场上这些“土”的实在是很少了，即使有，也大多是冒充的。

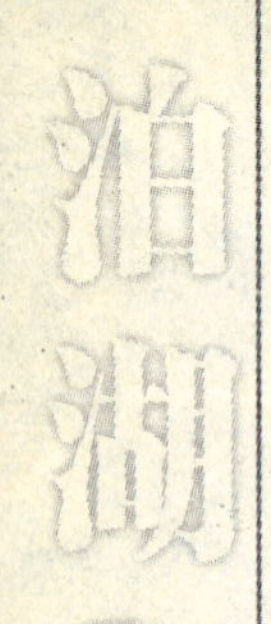

由此，我们想到人。感觉现在人们养小孩都好似“圈养”，独生子女，谁舍得“放养”？“圈养”着既安全，又长得快长得好。一个小孩在出生之前，父母就为他做好了培养（“圈养”）计划。不到两三岁就送往幼儿园去学习知识了。从小学到高中，在学校里，有老师布置着做不完的作业：在假期里，有家长送着去补习班学奥数。他们整天风不吹雨不淋，吃的一律精细的食物上好的营养。难怪，现在我们只要往学校门口一站，就会看到那么多的“胖墩”；难怪，现在的年轻人中有那么多的宅男宅女，他们不习惯于阳光下的户外活动，乐于在更广阔的因特网上云游四方。

相比之下，我们的童年就算是“放养”了，吃的是粗粮野菜，念书是小半天学大半天玩。而现在，我们愈来愈感觉到“放养”出身的好处了：我们的童年不用吃那么多的食品添加剂，更不会吃到苏丹红、三聚氰胺；我们比现在的小孩更容易与人相处，与人沟通；我们的骨子里依然保持着朴素的本色，即使再苦的日子，也会感觉到今天的“幸福生活”。

现在，我敢肯定，如果我没有一个被“放养”的童年，我就不会有今天诗意的回想了。

第三辑

临水荡漾

我站在那里，看一道明亮的水淌过我的足踝，然后跌入一口深渊一样的井。仿佛一万年的一尘不染，此刻正穿过我的身体，它带走了我血液和泪水中的泥沙，润泽着我内心的暗伤与风暴。记得有谁曾经说过：当你在寻找你想要的一件东西时，你却找到了另一件丢失多年的东西。

寂寞梨花坞

梨花真白。

一夜之间，一场雨水将坞里的梨花全部催开。附近的村庄和树木一下子刷新了，仿佛水洗过的一样。晨光里，挂在花瓣上的小水珠，不时被藏在每一朵梨花背后的鸟鸣摇落，清脆地滴到人的心里了……

我试图在这样的场景里与三百年前的朱书相遇。

然而，我等肤浅之辈，终究因为不配拥有这样的背景而告退，回到我终日喧闹的城堡。

梨花坞离我的老家喜鹊窝不远，大约七八里地的样子。其实我很多次有过这样的冲动，试图去接通我的祖先与朱书在地理学上的隐秘关系。有时候我在喜鹊窝的山坡上漫步，我会在内心里朝那个梨花坞的方向宣泄我的寂寞感；有时候我在城里，在纸上，是以词语的方式，或者是以燃烧的方式。但是，我每一次仿佛只能望见朱书远去游历的背影。我被卷入巨大的空洞和虚无……

有时候我想，朱书他为什么当初执意要离开那个梨花坞，远赴京师；后来又抛弃京师，远游陌生的山川；最后又一把骨头回到这里？就像现在的许多人一样，总喜欢踏上漫无尽头的内心旅途，最后又渴望还乡，回到原点？此前，戴名世和方苞曾不远千里来到宿松，走九姑，踏过杜溪桥，来会朱书，就是为了拆解一个文人朱书的寂寞吗?

南山案发，血染桐城派。这阵“不识字”的清风将朱书的书纸吹得乱飞，吹得七零八落，几乎寂寞地散落在他曾远游过的千山万水，并被流水带走。

我总是很喜欢浪漫地想象朱书远游过的痕迹。但是，我不忍想象半个世纪以前的又一场“革命”，“激情”的人们将他的坟墓掘开，除了一把骨头和一块砚池，人们一无所获。后来，有朱氏好心的老人捡回这把散落的骨骸，挂在屋外的墙上。整夜，狗们不停地朝那把骨头喊叫，谁都不知道狗们是在喊些什么。最后被移到这个坞里，入土为安，才得以在梨花之下长眠，重还一个人的寂寞。

这样想来，人生本来就是寂寞。

由此，我也常常想到自己，为什么在年轻的时候，总是要离开老家，向往远方？而现在又总是不停地回望离这个梨花坞不远的喜鹊窝？确切地说，我是出生在城隍嘴，这个喜鹊窝是我父亲的家。有时候我觉得我们的这个城市像一个巨大的玩具，我和成千上万的人们一起，每天玩着这个大玩具。当然也有一些人，像我一样，喜欢把朱书一样的书整日摆在自己的书桌上。但我总觉得那又只是一个人心想往的一个模型而已，寂寞是终究的。正如一些人的精神地理，往往就标在像梨花坞这样的地方。

……在梨花坞，在那个书屋里，坐下来，陪朱氏后人喝一杯清茶。我发现，这里的寂寞，正是对我的审判。

漂泊九井沟

不知从何时起，我开始一次又一次地逃离我所生活的城市，去到一些熟悉或者陌生的山水中漂泊。其实我无法实现真正永久的逃离，那是因为总有一些或多或少的牵系。对于这种漂泊，往往是漫无目的的，我所踏进的一座山或者一道水，只不过是我逃遁途中一个个驿站。至于企图真正地进入山水，那只是偶然的，也是奢侈的。

现在，我又站在了九井沟的浅水里。记得我已经是第四次踏进这道水里了。这是一道明亮而又透彻的水，它划过了所有来此寻寻觅觅的心灵。每一次踏进这水，我总是很有意味地逆流而上，心却在随波逐流——那是谁漂泊的足迹？是谁被一道天水放逐？

我看见，许许多多远道而来的人，那些平平常常的无言的人，站在水边，面对大山，一张嘴，便吐出了内心深藏已久的金子。我知道，这是属于他一个人的歌声。

站在水里，我看见一道明亮的水淌过我的足踝，然后跌入一口深渊一样的井。仿佛一万年的一尘不染，此刻正穿过我的身体，它带走了我血液和泪水中的泥沙，润泽着我内心的暗伤与风暴。我记得谁曾经说过：当你在寻找你想要的一件东西时，你却找到了另一件丢失多年的东西。

我不只一次来到九井沟，流连忘返，但最终又不得不回到

我所生活的居所。看看那些飞舞的花朵，那些水质的花朵，真的恰似我们易逝的光阴。我想起那些一生都在企图撷取浪花和水声的人，至今仍是两手空空。

再看看脚板下的那些光溜溜的石头，水流之下的缄默的石头，在最初的守望中，已经被谁收走了它坚硬的棱角，除了浪花和水声，又有谁能记起它曾经灼热的前尘呢？

一次又一次的逃离，一次又一次回归。像一个古老的神话……

温暖来自大地的心跳

在和县，在古老的香泉镇。我不知道刘禹锡、王安石他们温暖谦和的文气来自何方，他们流淌千年的文字是否因为天才。而我等凡夫俗子，浅薄的诗意，在这个香气弥漫的小镇上，接受温泉的洗礼，我想真的是大地的馈赠。

在这个冬日的下午，躺在和县的香泉谷里，温暖一寸一寸地滑过我愈来愈粗糙的肌肤和情感，升腾的雾气弥散在思想的天空……

沿着泉的方向，沿着大地的深，沿着时间的黑，我看见了大地的心脏，我看见了巨大的亮，我看见了博大的跳动。我知道，大地的内心里蕴涵巨大的熔岩——它的温暖足以让大地上的万物生灵成长和轮回……

我不知道从大地的心脏到我的身心究竟有多远的路程，这些温暖的水分子，带着大地的血液，带着大地的气息，一路上是否也像河流一样，在大地的身体，在大地的内部，流淌、奔涌？但我知道，它肯定是经过了玉的身边，或者曾经与玉为邻。因为我早已经闻到了与玉有关的香气，它的芳香已经渗透了我的每一寸肌肤。我想，人生的路真的漫长，文学的路真的遥远，但是，在这些水的面前又算得了几何呢？况且，这香气是我们人生和文学毕生的追求。

我年轻的时候，崇拜安格尔的《泉》，进入不惑之年，开

始崇拜阿炳的《二泉映月》。此时，在这里已经相形见绌，因为我的整个身心已经透进了温暖的地气。这香气就是地气。

闭上眼睛，大地开始包围我。此刻，我仿佛回到了母亲的子宫，在羊水里游弋，在羊水里呼吸着遥远的空气。我需要痛，需要再生。

只要大地的心脏在跳动，它的温暖就会无边，再生就会无限。

尘埃，我的尘埃

尘埃飘在空中，或者落定，我们却总是和它纠缠不清。

我们日复一日，不停地换洗衣物，擦桌子拖地板，或者关门闭户，阻挡空中尘埃的侵入；要不干脆到山水中去，去呼吸干净、清新的空气；甚至想往高原或者草原，去瞭望一尘不染的远景，漫游在无边的辽阔里……

我不知道是否错觉，这个城市的尘埃越来越重。宽阔的街道上，川流不息的汽车掀起曾经落定的尘埃，不断地向城市的上空抛洒，间或夹杂着一些虚假的广告和商业的叫卖。开发区的挖土机发出低沉的吼叫，举起长长的手臂，将千年的沉默在空气中洗礼。然后就是尘土飞扬。

清晨，只有清晨，我可以拼命地跑往郊外，在大大小小的车辆还没有出动之前，在尘埃还没有醒来之前，我在这个缝隙里躲避一下，仅仅一下子。

要不，我就挤开时间的尘埃，在假日里，躲到附近的一些山水中。

夏天，我有时候会蹬在泉水或者老家的湖水里，像一个局外人，仰望头顶上微尘的缓缓游移，细看微尘之间的相互摩擦与碰撞。譬喻昨天在龙泉湾温泉，我就在尘埃的缝隙里邂逅过一次少有的争端。这个争端不是与别人的争端，而是与自己的争端。而且这个争端貌似有了结局。

有时候也不惜身体的劳顿，攀上一些高山，去俯视空中，看尘埃是如何淹没城市甚至乡村的。譬喻在庐山的秀峰，邂逅李白和他的瀑布，一些千年的尘埃顿时灰飞烟灭。但是，却又望见山脚下的星子县，陶渊明和他的桃花源被覆盖在无边的尘埃里，白鹿洞书院和朱熹的身影也寂寂在浮尘之下。

山水中去得多了，我也发现，这里不是没有尘埃。那个美庐，那个庐山会议，就像一粒粒微尘，在山中落定。

有一次，我本有意躲开一些尘埃的侵袭，上到枞阳的浮山，却看到一些千年的石刻，蒙在历史中不愿醒来。

在尘埃之中，岁月总是匆匆而又漫长。而在尘埃之外，内心就是缓慢，就是慈悲；即使热烈，也会是瀑布一样明亮的挥洒——这极像我们返回慈悲的故乡，远望炊烟缓缓地上升；如果有风，炊烟就成了狂草……

我总是这样纠结在尘埃的内外。所以现在我明白，世世代代的人们，为什么要熟读“飞流之下三千尺，疑是银河落九天”，以及“采菊东篱下，悠然见南山”了。

莫非这就是我的尘埃？

没有人回答我。

蓝的深处

我不只一次到过花亭湖，那个长在大别山山中腹地的湖，它的那种蓝色的境界，早已经深入到我的内心，成为我心灵的一道背景了。

春天的花亭湖，蓝就覆盖在一片升腾的雾气里，如一个闺中少女，浣纱裹着若隐若现的香气。而在夏秋季节的深处，蓝就暴露在蓝天之下，挥洒着它的一切可能。当冬天来临的时候，水隐退了，而蓝呢？那就只有内心里有蓝的人才会知道，它就隐藏在神秘的西风洞，隐藏在寺前茂盛的竹林里，或者那些居士幽深的内心……

一些人，一些善良的人，总要来此寻寻觅觅。而蓝，正是迎接他们的第一位处子。那种蓝，那种开阔的蓝，那种包容一切和感染一切的蓝，总要深入到他们的心里，直到他们的内心逐渐地蓝化。而浮在千顷蓝波之上的，是星罗棋布的岛屿，金色的佛影禅光，清脆的鸟鸣与远播的钟声，以及来自远道的茂密的人心。

我上到琵琶岛的时候，船还没有靠岸，一位田园少女就提着满篮子的黄琵琶，把笑意送到你面前。而当你深入到满山的琵琶林，漫步着，或者蹬在一棵琵琶树下，吃着清甜的琵琶的时候，不知不觉，你已经进入到聊斋的境界：琵琶仙子弹着琵琶的时候，美妙的蓝就进入到你的心里了。

我上到西风洞之前，内心一直在湖面上打着圈，乘坐着那种现代化的交通工具——汽艇，是不能够直接到达的，而且速度也太快。我明白，上西风洞是辛苦的，你必须慢下来，必须卸掉身上的一些尘埃，一些功名，一些利禄，轻装简行，一步一个脚印，才能够顺利到达，才能够真正深入。因为那儿的西风禅寺四季蓝烟不断。那蓝是轻的，很轻很轻，不知不觉就飘到人的心里去了。有的时候，蓝烟在天空中像一泼墨，在一个画家的笔下游移。而当大风起来的时候，那蓝就一阵狂草，迅速地散在空中，散在你逐渐辽阔了的内心。

而那个古老的寺前镇，就在蓝的深处；那些远远近近的乡民，就住居在蓝的尽头，在蓝的深处劳作……

虚无的明堂山

其实明堂山是实实在在的明堂山，虚无是我的虚无。确切地说，是我在明堂山的虚无。明堂山不会记得我的到来，我也没有留下什么，一切都发生在我的内心。

明堂山位于大别山腹地，属于岳西县。最近几天就住在那里，与山为伍。这一次的明堂山游历，仿佛从现实里逃逸，隐遁在虚无的深处。就像那个传说：当年的李白，为躲避战乱，从司空山行至明堂山时，在那里歇息，醉卧在山脚下，一壶老酒幻化成今天的葫芦河。

古语说："仁者乐山，智者乐水"。你看，哪一座名山深处里没有庙宇？没有烟火虚无的气息？而明堂山没有，这里有的只是真实的山水。但它带给我们的虚无感来自内心的深处，从放下笨重的行囊开始。

几个早晨，我都起得很早，在山边的住地游移，企图以最偷懒的方式，寻找到一些与山水有关的东西带回去。但是缭绕的云雾总把一些山峰遮掩，你必须真正进入才行。

我随一行几十人的旅行团深入山中。因为体力和心事的不同，队伍渐渐拉长，分散，人们开始三三两两结伴而行。而我要选择独行，我不需要游伴。要游伴那和在家里有什么两样呢？我想以独行的方式结束一些，开始一些。渐渐地，奇松、怪石、流泉、飞鸟以及神秘的风……不断与我的内心黏合、纠

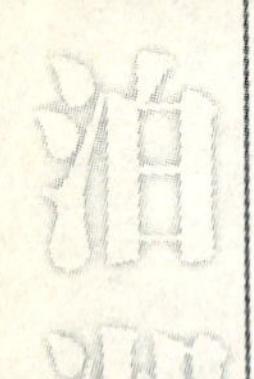

结。我开始拒绝一些人，放下一些事。

可是，来此游历的总是有那么多的人，他们都怀着各自的心事。你要保持独行的姿态，要么走在最前头，要么走在最后头。我选择走在所有游客的前头。我不停地向前，目光与眼花缭乱的景致不断地摩擦。我要把今天所有的游人都甩在后头，我要拒绝导游滔滔不绝的述说。间或有一些美女闯入我的视野，但是我必须拒绝。在内心里就像一场战争，所有的羁绊都阻挡在山外，战场上一片虚无……

那些飘散的雾岚就像内心的硝烟，慢慢散开、弥漫，尔后又被阳光驱散。正如山中的那个“四子听经”，被我们凡人纷纷效仿，并引入内心，最后又在现实生活里消弭。

山中栈道是凌空的，应该说它带给我们更多的是与现实相远的东西。我不明白为什么要有一个警示牌，这个警示牌是可恶的，因为它说出了生死，它从瞬间把我带到了现实的羁绊里。我忽然拿出手机，给我的每一个亲人一一打个电话，报个平安。对于已经离去的亲人，我以疼痛的方式，与她们作一次短暂的交谈。

而葫芦河的流泉和瀑布，又让我孤独的倾听有了层次感。一些虚无的思想不断地从高处瞬间跌下，然后在潭水中开花，溅在我的脸上，这种东西与眼泪极其相似。

但是，终究我必须擦干，回到住处，回到人群。

明堂山依然实实在在地坐在群山之中，像一个母亲，目送着我们远去，去到我们生活的城市，淹没在无边的时光里。

穿越岷江大峡谷

我曾经穿越过岷江大峡谷。岷江，从遥远的青藏高原，一路千里浩荡，流向辽阔而肥沃的成都平原。岷江峡谷虽是叫做峡谷，但它丝毫没有带给我们狭隘。相反，它带给我们的是阔大、坚韧、苍莽和旷远……

在古老的年代，水患，是岷江下游和成都平原世世代代的患难。从成都平原出发，沿江而上就是都江堰。在当年，如果没有李冰父子，如果没有都江堰，我们不难想象，大水一泻千里，在成都平原上泛滥无边的样子。直到现在，它仍然在发挥着巨大的作用。往上是汶川县，历史上治水的大禹就出生在这里。为了治水，大禹三过家门而不入。对于大禹，对于李冰父子，至今那里的人们依然趋之若神，在寺庙里供奉，在群山间雕像。

在这个千里峡谷里，以及两岸的群山间，生活着一个坚韧的民族——羌族。这个一共只有二十多万人口的少数民族，就集中住居在这里。传说他们的祖先在宁夏，那里相对富饶，被另一个强大的北方游牧民族追杀。他们的祖先们纷纷逃亡，原想逃至四川盆地，但他们认为，越是富饶的地方，肥沃的地方，越是最不安全的地方。因此，他们选择在自然条件最恶劣的岷江群山间生存下来，繁衍至今。羌族，在我国五十六个民族中，是一个只有自己语言而没有自己文字的民族。我想，汹

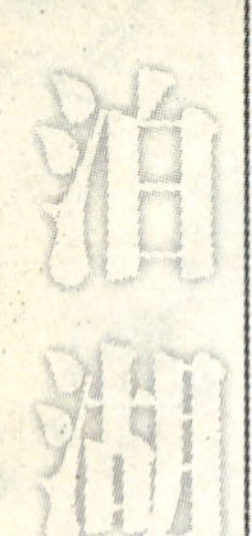

涌的岷江和两岸起伏的雪山也许就是他们的象形文字。在群山的深处，至今仍保留着一座石头城，这是古羌王遗址，当年羌王就居住在这个城堡里。

经过茂县、较场、镇江关，以及1933年的地震大裂谷，上游就是松潘县。较场和镇江关这是两个很小的羌民住居点，是峡谷里一片相对的开阔地。这两个地名因红军长征而闻名，长途跋涉在群山之间的工农红军，在这里得到休整、壮大，直往松潘，决战李宗仁。在松潘县，可见文成公主和松赞干布的雕像。现在看来，当年大唐皇家的胸怀是多么宽广，为了边疆的和平，为了民族的和睦，将文成公主远嫁西域。据说当年大唐就是将十六岁的文成公主送嫁至此，交给松赞干布迎亲的队伍。

十多个小时的车程，走出岷江大峡谷，就是地上经幡摇曳、天空一尘不染的青藏高原了……

之后多年以来，浩荡的岷江无时不在我的内心里翻滚，至现在，实际上这条河流已经穿越了我的心脏，汹涌在我的意志里。

深入白崖寨

我总在渴望着接受大自然的洗礼和历史的煅打。怀着如此的心情，我深入景仰已久的白崖寨。

进入宿松县趾凤乡政府办公地，就进入了养英山庄。这座清式建筑，这门前的大理石鼓、石柱，以及精雕细刻的文字，无不纪录着一个封建家族的风雨兴衰。我没有深入过真正的历史，但是今天可以说，我正从历史的河边走过。

沿着这条河流溯水而上，绿树掩映的古寨便呈现在我们面前。古寨墙斑驳灰暗却不失雄伟，真不愧为“南国小长城”。登上千余级石阶，立于攀龙门前，一堵断层崖气势恢宏，我们仿佛进入了飞天神话。走进攀龙门，就完完全全走进了历史的深处。当我的手指触摸到古老的寨墙，历代战争的风云，刀光剑影，已是历历在目。

沿着悬崖上那记不清名字的险要石级向上攀爬，偶尔抬头，我们会发现自己紧贴着前行者的脊背。孩子们显得特别勇敢，早早地攀爬到了“最上一乘”。他们不像大人小心翼翼。这也大概像我们平常做人一样吧，我们该向我们的孩子学习。

顺着陪同我们的乡领导手指的方向，我想象着山对面的跑马埂，哒哒的马蹄声仿佛从历史的深处走来。那边的点将台上，仿佛有一位风云人物身披盔甲，正在指点江山。走近关帝庙，同行的张向荣老师指路边的花草树木说：“这里要加强保护，不然会被游客踩掉。”而司舜却戏答：“这里的花草树木沐浴着神的雨露，不会被蹂躏。”我在后面小声地对许洁说：“作家张向荣此刻是本来的文化旅游局长了。”趾凤乡朱家立书记说：“那当然，张局长已来过十多次了，心里想的是如何开发好白崖寨。”据说，红 27 军是在这关帝庙里成立的。望着山上开得正盛的映山红，我想，这段红色的历史正如漫山遍野的映山红，年年岁岁会常开不败。

行至迎客松旁，我随手拿出茶杯，从山民家的水龙头里接过一杯山泉水，一饮而尽，感觉特别解渴，心头特别清凉。

从听雨门出得寨来，我和同行的人们留影。在等待快门按响的瞬间，我似乎听见了嘀嘀嗒嗒的雨声，仿佛历史的争夺正呜咽着，悄悄地退回到了时光的深处……

梭罗的风景

梭罗的风景令人神往。19 世纪中叶，不到 30 岁的美国作家梭罗，在离老家两英里远的瓦尔登湖畔的林间，亲手搭建一间小木屋，在那里度过了两年多的岁月，完成了一部人类文学的经典大作《瓦尔登湖》。

《瓦尔登湖》记录了他在这段湖畔林居生活中的所见所闻、所思所想。这部作品经过人类一个半世纪的阅读，其“人与自然和谐相处”的精神光芒，历久弥新，成为今天“塑造读者人生的 25 本书之一”，成为“美国文学中无可争议的 6 本或 8 本传世之作之一”，其超前的警世思想，“被整个世界怀念”。

梭罗的《瓦尔登湖》里，布满了田园牧歌式的乡村生活的场景。他在湖畔林居期间，经常到野外去散步、观察、思考，一个人独自徘徊在树木花草、鸟兽虫鱼之间，与大自然结下了不解之缘。这是一部真实生活记录的非虚构性的散文作品，也是一部大自然的“百科全书”。他在充满诗意的田园生活的描述里，涉及的动植物，包括飞禽走兽和草木花果数以百计。他的神来之笔，绘声绘色，引人入胜。同时将自己的心得体会，点染进精当的描述中，成为“现代美国散文的最早范本”。

沉醉在梭罗的风景里，我们可以惊奇地发现，播种在他的

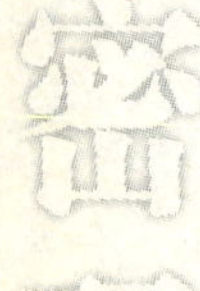

田园生活里是人与自然和谐相处的人文思想。他在田园牧歌式的农耕生活的赞美里，字字句句无不渗透着生态人文的批评。我们仿佛看到掠夺性的自然开发，生态环境的严重破坏，使纯朴恬淡的乡村生活销声匿迹。梭罗主张人类的生活应该简朴公正，主张人应该过一种有深刻内容的返璞归真的生活。同时还主张社会内部各族群之间的和谐相处。一个半世纪之前，梭罗如此深刻的思想甚是超前。难怪有人说，梭罗写的是19世纪的人和事，却是20世纪的散文风格，说梭罗是“美国生态文学的始祖”。

然而，往往有很多人会误读梭罗，误读《瓦尔登湖》。很容易把《瓦尔登湖》看成是逃避现实的隐士幽居和追梦世外桃源的颂歌。这有违梭罗的初衷。实际上，梭罗的湖畔林居显然不是消极的、出世的，而是积极的、入世的。他一方面种庄稼、栽菜蔬，过着独立不羁、悠闲自在的生活；另一方面，经常出门到农家走访，回小镇做讲演，或接待各种各样的来客登门造访。因此，《瓦尔登湖》既充满田园诗的魅力，又有人类生活的警世意义。

我们人类在回首前尘的时候，带着无限眷恋的心情，缅怀崇尚人与自然和谐的先驱，阅读这部不朽的经典，将会从中不断获取新的灵感、力量和希望。

荡漾在日常的意味里

仿佛看见一个人，漫步在湖边，看湖水的清澈或含混，看菱荷的开放或枯萎；又仿佛有一个人，站在窗前，看婆娑的树影，看叶落叶绿，或者侧耳倾听窗外的风声……

这是我读过胡春江的文集《心语如风》后内心呈现的场景。

无论是阳春白雪，还是下里巴人，没有哪一种意味来自虚无，所有的意味都来自现实来自日常。但是，并不是每一个人都能从繁琐的日常里发现意味，并在这样的意味里抽象出人生的境界。胡春江正是如此。

有人说：人不能活得太过匆忙，无论在什么情况下，都没有活得太过匆忙的理由。我说太过匆忙的生活，长久了会使人的思想难以回到内心，失去意味。因为我就是因为匆忙而缺少意味。胡春江出生并一直生活在黄湖边上一个历史悠久的小镇，他的工作和生活并不匆忙。从他的文字里，我看见了他从日常里抽象出来的人生意味。

他的意味就匿藏在诗意的抒情或思辨里。匿藏在童年、青春、回忆、思念里；匿藏在湖边、夕阳、树影、老屋、小桥、秋雨、夜莺、古井、暖阳、寒星里；匿藏在父母、师生、兄弟、朋友，以及茶、钓、麻将等等这些意象里……

他就荡漾在这些如湖水一样清澈或含混的日常意味里。他

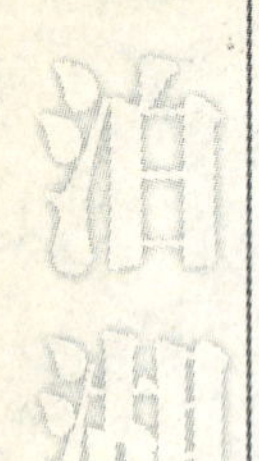

对日常的发现，有时是心灵的独语，有时是人生的思辨。这些日常的意象，承载了他的诗意，承载了他古典、忧伤、潮湿的心情，甚至焦虑、枯燥、浮泛、苦闷、挣扎的情绪。

《心语如风》是真实的，是一个生命个体的真实呈现。作者对日常的叙述或慢或快，从这种“慢”里，我看见了安静、淡泊、古典的人生意味；从这种“快”里，我也发现隐藏了一个真实的人面对日常现实的内心挣扎，包括对人生名利和浮躁、焦虑心情的主观消解。我理解为理想与现实的矛盾冲突。理想与现实的矛盾无处不在，无人没有，而作者正是企图平衡这种冲突。这正是文学的魅力，也是文学带给人内心的力量。

这个夏天的孤独

其实夏天它本身并不孤独。相反，冬天才是孤独的，万物冬眠，地气收缩，那些顽强地露出生命生机的事物，那才是孤独的。而夏天，太阳像火，草木疯长并绿到极致，花开到最妖艳的部分……万物极度地张扬着自己的存在。

这个夏天遭遇孤独前所未有的袭击。不是因为别的，而是因为水。

这些年，在城市里谋生，一到夏天，我就在内心里眺望泊湖，眺望碧绿的湖水。那里有我的童年，有我赤条条的夏天的童年。记忆里我就是泡在湖水里长大。水是我一生的纠结，它流淌在我的血液里，深入到我的骨髓。每年的夏天，我都要以下水游泳的方式，返回自己的童年。而今年，我好多次邀约我的朋友去找地儿游泳，也许因为天气太热，不愿意出门，也许因为不会游泳，他们都拒绝了我。这让我好生孤独。后来我想，他们这不是对我的漠然，而是对水的漠然。我们这些出生在水边的人，来到城市的一隅，注定是孤独的。

今年这个夏天似乎要比往年更热，我看见办公室背后那个“山水公园”的水库里，几乎每天都有成百上千的市民在游泳。说句题外话，这个取名“山水”的公园是刚建起来的，不知道是谁给取的这个名字，太没有品位了，既没文化味也没历史味，这个老地名叫城门冲，我干脆把它叫做城门冲公园。

这个城门冲公园的水库目前好像没人管，除了附近有几个“禁止下水游泳”和“血吸虫区域”的警示牌以外，没有任何的安全管理措施。那么多的市民在里面游泳，是冒着感染血吸虫的危险和生命危险的。明明知道危险，每天却还有那么多的人下水，究其原因，我想大概就是因为这个夏天太热，就是因为这个有着10多万人口的县城，竟然没有一个合适的供市民消暑休闲的游泳场所。

这不只是我的孤独，更是市民的孤独。

前几天，这个城门冲公园水库终于爆出新闻，两个18岁的花季少女在晚上游泳溺水身亡。事后几天，穿着制服的执法人员在这里看管市民，一律不得下水。这个水库恢复了平静。这几天，工作之余，我站在办公室朝北的窗户边，眺望这个水库，看到了平静背后深深的孤独。这是生命的孤独。

这个夏天的孤独还因为泛滥的洪水了。入夏以来，我们这个地球上许多地方先后出现多次大范围强降水过程，洪水泛滥，泥石流灾害频发。目前洪水已经造成我国2亿人受灾2000多人死亡或者失踪，有些国家就更多了。到处都是暴雨信息，洪水灾害的新闻每天充斥着我们的眼睛或者耳朵，一些电视画面令人揪心。近在我们身边的，安庆这个城市遭遇百年未遇的暴雨和洪水的袭击；我们宿松这个地方是个水乡，也似乎全民皆兵做好了与水对抗的准备。我想，这个地球真是个“球”，你把人类这些生灵养育，却又肆意地践踏。这样想，能不孤独吗？面对洪水，面对灾害，人类除了孤独的抵抗，就是不断地寻找原因。据说其中一个重要原因就是人类自己对地球的破坏。这个结论就更使人深感孤独了。

这个孤独就不仅仅是我的孤独，而是整个人类的孤独了。

过长江

我要到长江的对岸去，我就乘坐轮渡过江，到一个名叫彭泽的地方。

我此行的目的似乎不很清晰，仿佛是要去看一个姓陶的老人。我想，这个一千六百年前的老人，也许他还住在江南的一隅。我也仿佛是执意要渡过一条名叫长江的河流，因为我好多年没有以这样的方式渡过它。

其实现在渡过一条河流是一件很容易的事情。因为桥让我们的渡过变得轻松而迅捷，并且让我们保持了与水流的距离。但是，这样的渡过有时候会让一个男人深感空虚。

我出生在一个面朝泊湖、背依长江的地方。在少年的时候我就无数次渡过泊湖，有时候一转身也会渡过长江。我曾跟随我的父兄们在泊湖上张网捕鱼，偶尔跟船到外江的彭泽县去运货物。江水与湖水是不一样的，湖水往往清澈甚至波澜不惊，而江水总是浑浊而奔涌的。其实那时候并不知道江水为什么是这样日夜不停地奔涌。也是从这时候起，我就爱上了渡过长江。

现在，我站上了轮渡巨大的甲板。雄浑的汽笛声拉长了我对少年时光里渡过长江的回忆。阳光下的江面上，这个巨大的铁家伙载着我和许多不停地赶路的人们，劈开暗流汹涌的大水，直向对面的江岸，发出轰轰的响声。而江水的秩序——并

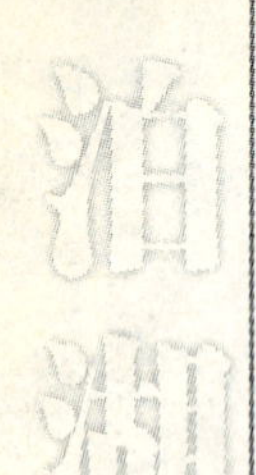

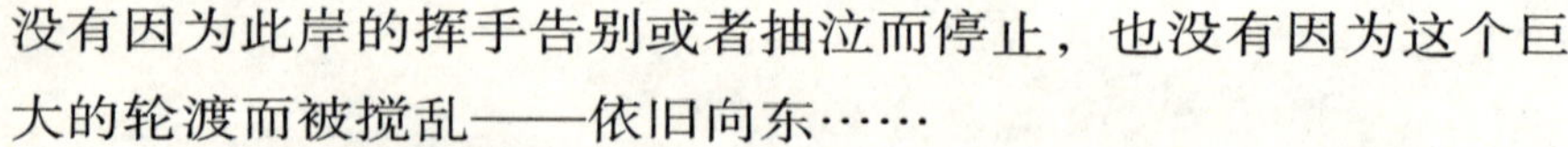

没有因为此岸的挥手告别或者抽泣而停止，也没有因为这个巨大的轮渡而被搅乱——依旧向东……

此时，这样渡过长江极易让一个一生碌碌无为的男人想得很远——譬喻，那个一千六百年前的陶公，是怎样在大水东流的江岸，吟哦他的“乌托邦”世界？六百多年以前，我们的先民是怎样从一个叫做瓦屑坝的地方渡过汹涌的长江，移民我们现在的家园？还有，一茬一茬的后人又为何总是不断地回渡长江，去寻找江西的那个瓦屑坝，像一个符号？……

太多的疑问，太多的故事，其实现在我已经明白，都在诗中。虽然“滚滚长江东逝水，浪花淘尽英雄”。但“古今多少事，都付笑谈中”。

然而，站在宽阔的甲板上，想着古今事，我却不敢笑谈。我只能静静地注视这铁与水的摩擦，浪花掀起的浮沫，以及在江面上一闪而过的江猪。这样的注视显得更真实，同时也包括我此刻一个中年男人真实的存在。

“一个人可以握住很多东西，但他不可能握住水。”这个真理是在很多年以前，我孩子还在婴幼期时，我才彻底明白的。我观察他一个人在游戏的时候，手可以握住地上的沙子，却怎么也握不住盆里的水。为此他一个人哭得很伤心，后来就再也没有见到过他想要抓住水。我真的能理解我孩子的委屈，但是我同时也很感激水，因为水以握不住的方式教育了我的孩子。

初秋的江风掠过一丝凉意，随着一声浑厚的汽笛声，轮渡就靠岸了，两个巨大的铁锚被渡夫重重地钉在了江岸。我已经渡过长江。

我是以接近少年时过江的方式，也是以接近江水和流淌的方式，完成了一次渡过。我知道，在这样的渡过里，匿藏了我少年时候心中潜在的某种愿望。而我的渡过实际上在内心里并没有完成，我想，一旦完成，我也就变成了一滴水，最终汇入长江，流向遥远的大海了。

诗意的回归

一个人不能总是活在回忆里，但是有一些回忆，往往在你最疲惫的时候，让你体味到生活的美好和时光的诗意。我的师范，就像一片深邃而布满星星的夜空；而我的诗，像是从那里发出的一道激情的闪电，我因此看见了生命里的光泽。

上世纪80年代从县城西门那个校园里出来的人，坚韧而智慧。你可以无视他们的存在，但是你不可以忽视他们的价值，因为他们在最艰苦的岗位上奉献。一点点呼唤可以使他们飞扬，但再大的漠视却无法改变他们明亮的追求。

80年代整整10年，有一千多人，一批一批地举着青春的火把，分赴全县每一个乡村，每一个角落，不断地传递着知识的接力，使宿松的大地星光灿烂。现在，他们依然站在那里，微笑着。而后来走远的极少数人，也在远方回望着村庄的未来。

我是80年代中期从那里出发的。那时候，那座亲爱的校园里弥漫的人文气息，让许多人的青春抹上了诗意的光泽。我们走进去的时候，首先看见刚走出校门的王焕春的作文，获得华东六省一市师范生作文竞赛一等奖，并被印成铅字。紧接着二年级梅耐雪的作文也获得三等奖。再接着，从安徽师范大学分配来一批年轻的老师。我们从年轻的秃顶老师吴

忌的箱子里看到了他几个本子的诗歌手稿，从矮个子老师蔡玉镶的床上看到很多厚厚的诗集。诗歌的种子迅速在校园里生根、发芽，陈文丰、澎河、余立松和我等，在老师的指导下，以八三级（一）班为基础，创办信鸽诗社，油印《信鸽》诗刊，发展会员 50 多人。大量的诗稿被送到编辑我们手里。记得有一期刊物出版的时候，宿松买不到棒纸（那种厚厚的白纸），星期天，陈文丰借一辆破自行车专门到黄梅去买。不久，诗社与团县委的罗汉尖诗社取得了联系，很多人加入了罗汉尖诗社。到 1985 年底，我的诗率先在《安庆报》副刊发表。我说诗很短，蔡玉镶说是一个良好的开端。那一夜我高兴得一夜没睡。

此后，陈文丰、澎河、许向阳等人的诗也陆续见报。从此，整个师范校园里成了诗歌的海洋。梅耐雪等一批已经毕业分配到乡村小学的师兄都寄来了诗稿。记得许剑宇当时写了一首盲人的诗，说在盲人眼里，地面总是坑坑洼洼。校长王绍裘看见以后，担心我们思想不端正，在大会上说，写诗是好事情，但不要写得太晦涩，像那个关于盲人的诗就不健康；我们的数学老师唐林国担心我们因此影响数学成绩，有一次就在课堂上告诫我们不要写“死尸”（史诗）。由于诗稿来稿量大，好多不能采用。记得我当时编稿子的时候，看到一个女同学送来的一摞诗稿，觉得很好，但是因为版面有限，被我很惋惜地“枪毙”了。但是在 20 年以后的有一天，我的爱人突然对我说，我“扼杀”了一个优秀的女诗人。她就是当年的那个诗歌女孩。

现在，经过岁月的历练，很多同学早已经离开了诗歌。但是我可以断定，诗歌教给了他们诗意地生活的理由。我想，他们的内心最隐秘的地方，一定还匿藏着诗意。不过，20 多年过去了，在我的师范和师范以外，只剩下我和我的老师吴忌还在写诗。但我依然想知道，有着后现代意味的蔡玉镶老师，你在俄罗斯还记得那个师范学校和那个学校里的诗吗？在杭州师范大学任教的许剑宇同学，你现在的学生也有写诗吗？在县里任职常务副县长的梅耐雪同学，你在处理纷繁复杂的政务的间隙，还会有诗意的思想吗？在省农发行官至副处的余立松同学，我知道，他经历 20 多年的摸爬滚打，早已不再写诗了，但是现在，他又开始订阅诗歌刊物，在读诗。我想这是他诗意的回归。

80 年代的诗意

一个偶然的机会，我在朋友处竟然发现了一本《信鸽》诗刊。这是 20 年以前，我的母校宿松师范信鸽诗社学生油印的诗刊。还有当年的宿松县《罗汉尖》诗刊、下仓埠《芦笛》诗刊。这是些手写体油印的刊物，现在打开，依然散发着当年的墨香。我是当年校园诗社的活跃分子，看到这几本 20 年前的诗刊，像是回到了 20 年以前。

朋友是一个有心人，这些刊物都是藏在箱子的最底层。20 年来，几次搬家都没有丢掉，像是珍藏着他年轻时候的秘密。现在想起来，那个 80 年代，真是一个精神的年代。那一代青年，以诗歌寄托着他们心灵的理想。那时候，每个大学、中学校园都有诗社、诗报、诗刊。社会青年也自发组织起诗社，油印诗歌刊物。在公共汽车上，随时都能见到手里拿着诗集的诗歌青年。诗歌像鸽子一样，在整整一代人的内心里飞翔。

时隔 20 多年，时代发生了变化，社会的物质化改变了这一代诗歌青年的生活，包括他们的生活方式。但是，诗歌在他们的内心，作为最初承载理想的载体，依然被他们珍藏在内心最隐秘的一角。

从当年开始写诗的一批人，有不少人 20 多年来孜孜以求，把诗歌写作作为他们人生的目标，作为一项崇高的事业，让诗歌直接参与到自己的生活里。他们诗意地栖居，不为物质和权势所累。有不少人已经成为国内、省内很有影响的重要诗人。

那一代诗歌青年，现在，绝大多数已经不再写诗，当年的狂热和痴迷早已淹没在时光的深处。20 年前的理想并没有把他们带入诗人的行列，但仍有一部分人并没有远离诗歌，他们成了最忠实的诗歌阅读者。这些人在订诗、买诗、读诗，依然从诗歌里吸取精神的营养。当然，绝大部分人早已远离了诗歌。20 年前的诗意象一个遥远的梦幻。但是，他们内心里非常明白，是诗歌在 20 年以前为他们播下了理想的种子。正如泰戈尔所说的“我所写过的功课，都是诗歌教给我的。”在 20 年以前，诗歌就教给他们积极的品质，使他们一直以来保持着向上的操守。当年的诗歌理想转变成了他们追求事业发展的动力，使他们大多事业有成。

现在想来，那个 80 年代真的是一个诗歌的年代、梦幻的年代。我们对这个年代的回忆，像是对田园的向往一样，诗意弥漫……

语言的节制

我不只一次想起语言需要节制。从我识事的时候起，我就隐隐约约地感觉到语言的无力。随着年龄的增长，我渐渐地意识到，对于这个世界，对于人生，语言是多么苍白。所以活到现在，我愈来愈热爱着沉默。至少在相比之下，我更喜好倾听语言，更喜好诸如行为语言、音乐语言之类。

但是，这是一个浮华的年代，语言的洪水大肆泛滥。我就常常有忘乎所以的时候，不知不觉去玩着语言的游戏，毫无节制。我想，这个时候，我是企图要让所要表达的事物更趋完美。然而，往往事与愿违，一个饱满的事物，在语言的游戏中变得瘦削，回头想来，真正有力是事物的本身。

我就是这样，不断地在语言的袭击和淹没中自救。甚至有时候突发奇想，废掉这该死的语言。可是，这个世界上，又有多少事物，不是被语言的光环所包围，让我们看不到事物本身暗藏着的真实呢？

是的，我在不断地被语言诱惑，又在不断地拒绝着语言。因此，我只能选择节制。我以为节制是明智的，在诸多问题诸多的时候，语言的功能是极其有限的，甚至是多余的。节制所蕴涵的意义，比语言本身更有足够的力量。

这样，多年以来我习惯着节制。生活中我节制着语言，写作时我节制着语言，这种氛围帮助我变得真实、饱满。比喻，有时候我为着某件事情到处游说之后，我就有一种空虚的感觉，要么是以为还说得不够精彩、结实，要么是以为干脆不说为妙；又比喻，一个人在冬天的阳光下休憩的时候，不要让语言浮出水面，这多么有意味！

不是的么？好多时候，语言无法改变什么，相反它干扰着平静和存在。正如我写作这些文字的时候，再一次感受到语言的多余，不如节制来得实在。

人生无从说出

在这个失语的夜晚，当我固执地写下这个题目的时候，我深切地陷入一种困境，感受着人生不能说出或者无从说出的尴尬。

其实，我们谁都想尽力说出我们的人生，我就常常有一种想用心灵说话的冲动。譬如在个人写作或者一个人在冬日的暖阳下晒太阳的时候；譬如在工作上、在社会生活上或者与朋友聊天的时候。然而，往往事与愿违，半途而废。这并不是因为我没有足够的能力说出，而是因为有些说不出口，至少在说出之前往往有许多顾虑：你为什么要说出？你以何种方式说出？

譬如我在心里非常想说出：我是多么热爱自然啊。可是，说出口的可能就是：人在回归之前，最好亲近一点自然。多么的理性化，灰色的，卑琐的，或者说教式的。

而事实上，我们往往都是以这种方式说着我们的一生，在工作的时候这样说着我们的工作，在日常生活中这样说着我们的日常生活。正如我在工作中努力地报道着远远近近的新闻，并且乐此不疲。这就是我们其实的人生。

可是，我们无法拒绝一种诱惑，那就是试图以另一种方式说出我们的人生。其实谁都有这种愿望，只是不能说出或者无从说出。譬如，往往在夜深人静的时候，诗歌从心灵的窗户飞出，如低矮的屋檐下飞出的蝙蝠，曾经明亮的眼睛逐渐退化，不得不利用自己发出的声波来把握方向。我们固执地写着我们的文学，即使偶有专业杂志或报纸副刊采用，数量和篇幅也极其有限。如果不是因为你没有说得精彩的话，那肯定是没有多少人有足够的耐心或者时间来听着。快餐文学或者周末文学对报纸副刊的大面积占领就是很好的佐证。今天，人们更需要短、平、快，更需要短暂的乃至瞬间的感官快乐。

可是，人生不能不说出。现在我开始想：不管以何种方式，只有尽力说出真理，就说出了人生。

流水无法砍断

流水唱着民间的歌谣，在我知道它的名字之前，已经流淌了亿万年之久。自从懂事的时候起，我就隐隐约约感觉到，冥冥之中，我们的命运与水有关。后来慢慢地发现，如今已在水一方的母亲，一生都在寻觅逐水而居的永久家园，她正是在水之湄，医生宽容了所有的恩怨。多年以来，我久居无水之巅，可是流水无时无刻不在心中流淌，正是这条脐带供给我养分，也是这条脐带牵绊着我，使我总是无法安安稳稳、心甘情愿地久居无水之巅，像众多的人一样极力地向上攀爬。曾经以为抽刀断水，今天，我才真正理解了一个非常简单的道理；流水无法砍断。

现在，我站在真实的水边，看见流水有如安格尔的《泉》一样完美的一面，它把我多年来对水的渴望和恐惧开始一点一滴地揉碎。因为对水的渴望，我开始把它引入到我的内心，它的晶莹剔透很快就把我内心的伤口洗濯，慢慢地，我看见伤口开始结痂愈合。可是我马上又开始恐惧，我不知道这暂时愈合的伤口明天是否还原依旧。我因此不敢久久触及，我怕自己坚硬的灵魂在水中柔柔地溶化，并且随水而去。这种矛盾心理，使我产生了一种非常奇特的想法，我开始再次做一件徒劳而又愚笨的游戏——试图用自己刀子一样锋利的手指划断流水。

记得在很多年以前，也是这样，我站在水边突发奇想：抽刀断水。当时我过于年轻、幼稚，目的是去检验一首歌里唱的“抽刀断水水更流”的真实性。当时我真的看见了流水被我砍断，只是我在瞬间的成功的兴奋中，忽视了它瞬间就已愈合的现实。正是这种忽视欺骗了我许多年的时光。谁知道事实上流水并没有砍断呢？那只是瞬间的断水啊！

今天，我再一次为自己抽刀断水感到兴奋。可是，今天我已经发现，那只是发生在一个瞬间的事情，流水将依旧流去，流向它永久的家园。我几乎是在同时真实地看见瞬间的断水和断水的愈合。我意识到，这种发现将会影响到我以后对水的认识。

我已经知道流水无法砍断。可是命里注定，我将要不断地做着抽刀断水的实践，像西西弗斯的神话那样，一天一次，一年一次，一生一次……

第四辑

水声汩汩

我总是在倾听水的声音中，抵达生命最柔情和无坚不摧的部分。此刻，透过水的声音，那些洗过的春天、生命和爱情都依稀可见。

我们不能停止对水的倾听，水的声音从不会停息。即使在最干旱的季节，水也会在心中流淌。

河　　流

今夜无月。面对天空，背依大地，我已经无法拒绝河流的叙述，虽然它给予我母亲一样的宽容。可是今夜，我早已溶入到它的深处，跟它一起作永远的汹涌了。

多少年以来，我总是将最初的水含蓄在世俗的内心，没有谁向我发出诘问，没有什么能够将我带走。我总以为，飞翔的河流高高在上，任由它向着遥远的天边流淌。

可是今夜，是谁开采了我体内的水？是哪一滴流动的水最先深入我沉默的内心？

不管怎样，现在，最初的入侵，野蛮的河流，已经被满天的星斗席卷而下，将我俘虏。此刻，我看见纷披的水，奔跑的星辰，在大地上一览无余。

巨大的水流进我的生命，古典的铅华充满洗礼的疼痛。今夜，我的灵魂与水同在，被放逐成一叶不系之舟了。

露　　珠

今夜无月，是谁从遥远的天堂归来？足尖点过民间温暖的大地。

绿草举心为灯，照应天空中反复闪现的星斗。

我看见了，善良的人，心怀纯洁，踏过大地的肌肤，凝聚成小小的身体，坐在灵魂的中央，心头滴落流浪的泪水。

我看见了，勇敢的人，手握智珠，打开生命之门，摘星揽月，住在血肉与骨头搭起的居所，含泪地舞蹈。

迷人的夜，闪亮的星辰。居住在露珠的人，是天地间迷恋梦想的人。

有谁能熄灭这露珠的火焰呢？

千年之水

今夜，是谁被一道明净、纯粹的水所伤？千年一回，世界简单如一枚旧陶，还原成泥土、火焰和水。千年之水，倾倒在灵魂之上。最初的女人，以最原始、最朴素的姿势，赤足打水，水声有如婴儿的啼哭。不老的情愫泛入明月之夜，脆弱如歌——

谁在沧海桑田里沉眠已久？

谁能深入一双眸子里的冰与石头？

谁让一只宿命的鹿仅仅回头一次，所有的花朵就迅速败去？

一条大水穿越千年，激涨的水声四起。最弱的水，最强大的柔情，冲决了人心和时光的堤防——

此刻，花儿回到春天，萤虫回到田园，果实回到枝头，恋人回到爱情。

汲水的人居住在遥远的天堂。那个青苹果树下的黑发少年，带上火种与盐，开始上路远行。他火焰般的灵魂照亮所有的道路与河流，执著而恒久。

在水之洲，有情的人，能否在大水涌来之时，接过那条不老的河流？

水乡孩子

水乡有美丽的村庄，水乡有茂密的芦苇，水乡有心如清水般澄澈的孩童。

芦苇簇簇，生满湖湾，拥着小村。小小的平头村童，在红红的朝阳下，群群游戏于生满芦苇的湖湾。无风的天空中，芦絮轻飘；明澈的水底，芦根伸入清泥。

母亲们在那里洗衣，一字排着，笑语的微波荡进芦林。

阳光照耀，小鱼在芦林底游来游去。水鸟“啾啾啾”，衔芦叶搭着窝儿。孩子们在湖边，跳跳蹦蹦地看着。

他们想做一群鱼儿，游戏于水下的芦丛阴影；想做一只只小小的水鸟，于芦丛里快活地“啾啾啾”。

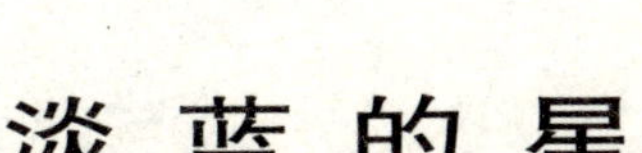

淡蓝的星

星星点点的萤虫飞过南方相思的梅雨季节，闪闪烁烁，炫目于南方淡蓝的水乡之夜。

世界变作童话。

美丽的淡水湖畔，鲜嫩的草叶摇曳萤火翩跹的情愫，宁静与缄默滴落一阵惊悸，星心——陡然于南方潮湿的芦荡中发芽了。

夏季早已来临，晚风和煦，渐自淡化梅雨季遗落的浓浓的忧伤。天空淡蓝的星星潮，开始每夜每夜地拍打南方躁动不安的心舟之弦。

请让我伸起长长的芦秆，舒展长长的芦叶，于款款微风中，沐浴淡蓝色星光播撒的音乐，摇曳淡蓝色星雨打湿的天空。

等到秋天，相思散成芦絮，纷纷扬扬，迷蒙南方的星空。

回　　家

我们的家园已经被洪水淹没了好久。夏天过去了，这是秋天，我们的父母、兄弟和姐妹在水边望眼欲穿，它们正渴望着回家。

水啊，无情的洪水！我们幸福的村庄、肥沃的土地、茁壮的庄稼，甚至还有豪放的民谣和船歌，都被这水深深地淹没。在这个收获的季节里，我想，我们的父母肯定想起了往年丰收的景象。

现在，他们唯一的愿望就是洪水早日退去，让他们早点回到辛勤劳动的家园——这是他们一生唯一的归宿啊。

我曾经像我的父母一样崇拜这水。是的，我们的祖先曾经选择了水，在水边建造起自己的家园，临水而居，在这里耕作，在这里捕鱼。我曾经不止一次地为我们的祖先充满智慧的选择而暗自骄傲过，以为我们临水的村庄是最最幸福的村庄。然而，现在，正是这水，把我们无情地赶出了自己的家园，就连我这支只会在纸上描画家园的笔，也被它纠缠不休，流淌出许多悲苦的文字。

但是，只要我们沿着祖先的足迹去寻找，我们就会发现，洪水冲不走的，是我们世世代代对于家园的热爱，和不屈信念。

我们一定要回家！

还　乡

我一直生活在泊湖潮湿的岸边，被未来和远方的阳光照耀，荡漾的是我的梦想。那年，爱情的种子被湖水带走。

湖水的涨落使我无法抵挡远方的诱惑，想象的青枝挥动幸福的绿叶。在谁无声的注视里，在一望无边的祝辞里，我一步跌入无涯的青春。

那个披着长歌的少年，沿着星河的走向，打马而去，绰约的身影带着乡音的伤害，依稀缥缈。

在远离湖水的远方，漂泊经年的步履却被无边的雨季围困。我坐在仅剩的叫做青春的高地，与唯一收获的爱情相依为命，想象身边漫延的雨水将流向何方，想象落难以外的家园灿若春阳。

那年，我又卷起远方，走向民谣和船歌的方向，手执一炷宿命的艾香，把还乡的消息插上湖水润湿的岸边。

倾听水声

我总是在倾听水的声音中，抵达生命最柔情和无坚不摧的部分。此刻，透过水的声音，那些洗过的春天、生命和爱情都依稀可见。

是的，我看见水打开大地之门，并且漫过心灵的红尘，灿烂的春天就已经来临。水让怀抱春天的人们披荆斩棘，踏向幸福的乐园。

水啊，它无所不在。当我们触摸一片树叶，水就会哗哗地流进我们的内心，并且晶莹剔透。我们体内的水也正跟叶子一样舞蹈，被神圣的音乐包围。我们的生命因此充满活力。

水的秉性无比执著，飞越高山，穿过大地，在大海里击浪而歌。看，水是多么平坦，又多么坎坷，一览无余又最难涉过；水是多么柔软，又多么坚韧，抽刀断水水更流啊。

我们不能拒绝水的暗示，谁能穿越一条大水，谁就会抵达生命的彼岸。

我们不能停止对水的倾听，水的声音从不会停息。即使在最干旱的季节，水也会在心中流淌。

大地上的河流

在我的家园，流淌着一条千年不息的河流。

没有星光的夜里，我的眼睛不止一次地被它照亮；我的歌声也无数次地被它缠绕。譬如现在，我思想的河流已经成为它的一部分，成为它的一条小小的支流。我脆弱的灵魂时常被它划破，流淌出生命的原力。

河流在大地上向前奔腾，它不会屈服于任何阻碍。如果前面有一座山，它便会绕道而行；即使被人类文明所改道，它也永不会停息。

这就是大地上的河流。它流淌着来自于大地深处的本源的力量。

于是，我们可以想象，大地为什么会被河流划破，黑夜为什么会被河流照亮。因此河流的两岸布满村庄，肥沃的泥土、茁壮的庄稼、豪放的民谣和船歌，都源自于大地上的河流。

是的，大地上的人们崇拜着河流。他们试图找到河流真正的源头、足迹乃至归宿，无数次湿了衣衫、皮肤、骨髓和灵魂。

当然，有些事物浮在河面，有些事物沉在河底。大地上的人们总要在河流的两岸渡过来渡过去。他们企图阐释河流，包括它的柔弱与坚韧，包括它的沉默与喧嚣。可是，他们的黑发被河水一天天洗白，他们自己最终被河流所阐释——

譬如我现在。

干　　河

我踏进一条干涸的河流，一条年代久远久远的灰色的河流。

在晴朗的日子里，我看见河床的沙面上流满了金色的阳光，如汹涌的河水，一次漫过一次地拍击早已风化的河堤，并把阳光的珍珠抛满天空……

河流不再是河流。它那曾经美丽潇洒的容颜早已干涸而憔悴。然而，此刻在我的眼前突然变得色彩绚丽，焕发着往昔的容光——

它开始向我诉说着遥远的过去，诉说着洪荒年代的兴奋，诉说着哺育两岸生命的荣耀。同时也诉说着断流后的干涸的痛苦……

干河依旧是干河。在晴朗的日子里，沙砾以它依旧的光洁，不停地向一代又一代扛着农具踏过河床去劳作的人们，反射着往事的光辉！

秋水的微笑

是谁在水边居住？我手握诗歌的花束，最先发现。

从一滴透明的露水开始，身披一件歌谣的轻纱，怀抱春天的女人安居乐业。每日清晨，以水为镜，梳洗阳光，然后是种植水果和蔬菜。以等待作为最美的抒情方式。

一百年的水依然未老，照亮诗和花束。

在水一方，野花开遍河滩。站在水边的秋菊，挂满了闪光的泪花。

面对秋水的微笑，我所有的诗稿都为水所湿，曾经引以为激动的诗句蓦然苍白，我默默地把它收回内心。是谁使我流泪？是什么让我通体透明？

感觉秋水的微笑注定要打湿我的一生——望穿秋水之后，已经是冰清玉洁。

凝望秋水

这流水唱着三十年的歌声，一路鲜花，停在了秋天的中央。如今沉默不语，深藏灵秀。沿河的花朵结成果实。

有谁在注视这秋水啊——一双眼睛深陷在里面，成为秋水的影子。

凝望秋水。我望见了透明的忧伤。我把所有的伤口都沉浸在里面，让灵魂与秋水低语。三十年渐次洗亮的光阴，是何等的短暂！

凝望秋水。我飘忽的叶船不堪一击，曾经一路波涛的诗歌被眼前的沉静彻底掀翻，破碎在这深不可测的秋水里了。

雪花为谁而舞

这个冬天，大雪纷飞，覆盖了大地上衰草的气息，覆盖了我们曾经混浊的影子。

无根的雪花，远走天涯；踏雪而行的人，仿佛正远离红尘。

我们看见了，这些疯狂的花朵，闪烁着神秘和智慧的光芒。在广阔而自由的天空，它飞翔的姿势里传出生命的音乐。踩着梅枝的节拍，它要踏入一个人的心灵。漫天的大雪，响彻骨肉，将一段又一段凄美的心事挥洒成漫天的从容。这个冬天，雪花为谁而舞？仿佛受伤的羽毛纷纷扬扬，零乱得这样惊心动魄——

谁在同命运搏斗？

谁的爱情披一身比雪还浓重的沧桑？

没有谁的愿望能够拒绝这个季节的节拍。我们都是匆匆的过客，早已奔波得疲惫的身体，只有在季节的内部燃烧，才能照亮一生的神明和福祉。

不是的么？洁白的雪朵漫天飞舞，一如年轻的身体，为爱情而风姿绰约。

沿着雪花的方向，踏雪寻觅。我们看见了，点点红梅，于茫茫的雪原温暖地盛开，如同落在素洁的书页上，任我们诵读千年的暗示。

谁能在雪中坚守这恩情的折磨，谁的一生就能在雪中完成。

二泉映月

我们总是生活在既定的秩序里，遥望着心灵的远景。

是谁又拉起那首重复了千百次的曲子，诉说着其间的苍茫呢?

我看见了，半个多世纪以前，江南的无锡，一个民间艺人，在街头以卖唱为生。他沉浸在自己的世界里，倾听天籁。

我听见了，在水之湄，一个名叫阿炳的瞎子，饱受命运的折磨，匍匐在上帝的脚下，倾听着全部的生命祈求……

沉郁的琴音百感交集，在空气中波动，盘旋往复。仰望苍穹，一轮满月沉默不语。

一个个音符缓缓地流出，透彻的心音映照生命的传奇。一种来自地心的美丽的痛，此刻正一览无余……

泉

我一看到安格尔的这罐泉水，我的身心里就想起了音乐。

倾斜的陶罐，丰腴的裸体，宁静的清泉从肩头流淌——

音乐响起来了，我想起了事物的源头。

生命的水无所不在，浸润所有圣洁的事物。河流的两岸布满村庄，汲水的女人头插鲜花。

我打开青春的门帘，望见了往年的梦想，如素洁的花朵在我的一生里飞翔，一片白光。

泉水淌下来了，世界亮丽起来。

纯洁如泉的少女，你的眼睛在水花里闪着光泽，瞬间耀亮我沉寂了好久的内心……

小村的祝福

这是中国一个明亮的村庄。

一个地图上找不到的地方，一个百度也找不到的地方，我带上家族的所有成员，在灿烂的阳光下，绿枝的掩映里，遥望北京，祝福奥运——

参天的树木们，站在村庄之上，扬起长长的手臂，摆动幸福的手掌，向北京，向奥运，致以挺拔的祝福！

棉花、稻子、大豆们，站在田地里，弯下朴素的腰身，低下谦卑的头颅，向奥运，向热爱劳动的人民，致以丰衣足食的祝福！

猪、鸡、牛、羊们，在村子里悠闲地踱步，向奥运，向热爱和平的人们，致以吉祥如意的祝福！

西瓜在田地里露出浑圆的脑袋，邀黄瓜、甜瓜、梨、苹果们一起，坐一趟车子，专程赶往北京，向奥运致意清凉的祝福！

树林里的鸟们，饮一腔清晨的露水，把美妙的歌声，送往遥远的“鸟巢”。

而草们，在拼命地绿。还有池塘里的鱼们，欢快地跃出水面。他们小小的心愿，早已经飞出了村庄，飞向了北京，飞向了世界……

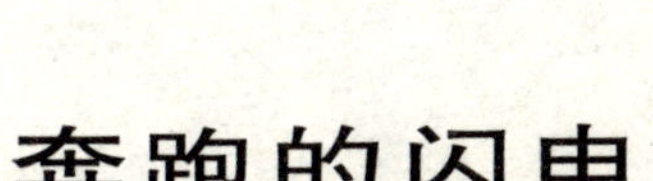

奔跑的闪电

2008年，北京，无数的国家在起跑线上聚集。

一声发令枪响，人类的闪电照彻五洲四海，在精神的天空闪耀。

草们、花们，紧跟在人类的身后，一路朗诵绿色的宣言。

一群鸽子，搏击蔚蓝，用同样的文字，在天空书写人类的未来……

我们的心灵被闪电照耀，我们的思想铺开了光明的跑道，太阳开始奔跑，从东方开始。

眼前一幅壮丽的图景：

神赐的火焰，从古希腊点燃，女神多么美丽，橄榄枝握在手中，蓝色的星球上，古老的梦想开始秘密复活……

新世纪，中国，13亿颗心的渴望，在五环的光芒里，在福娃的目光里，在100米里完成，在10秒以内完成，在极限里完成……

民间灯戏

秋后，灯戏便在刘家屋的大栎树下陆续展开。一些民间的悲喜剧，就在这样的场景里上演。

星光之下，树影婆娑，烛灯摇曳。远播的曲调在秋后的空旷里回肠荡气。

乌龟灯、蚌壳灯、竹马灯、彩龙船……一场接着一场。

一些唱腔热烈而悠扬，一些唱腔哀婉而幽怨。

戏台下，一些汉子以喝彩的方式抒情；一些幼童抱在小母亲们的手臂上，或者骑在父亲的肩膀上，瞪大眼睛，竖起耳朵；老奶奶拄着拐杖，踮起三寸金莲；偶有谁家的女伢子，在暗处，悄悄抹泪。

谢幕之后，邻村有年轻的小伙不慎滑入路边的水沟，湿了衣裤；有谁家的女伢子开始刺绣，心事遗落在刘家屋的大栎树下……

无名的乡愁，在少年时就这样被染上，并被我带到城市繁华的一角，低吟一生……

民间酒席

当丰收和喜庆的日子来临，我们端坐民间。

丰盛的菜肴摆上八仙大桌，我们啜饮飘香的美酒，抒发感恩的心情。

酒是粮食的精华，是村庄里最抒情的部分。

清醇的美酒承载着大地的馈赠。我们一杯一杯地敬，不知不觉地醉。大地的恩泽，正一点一滴地流进民间的身心。

我们一亩一亩地饮，真诚与豪放一步一步地走来，我们的胸怀一万顷一万顷地辽阔……

借助醇厚的美酒，我们点燃朴实的民间精神。一些信仰，一些誓言，在杯盏之间歌唱，在心灵里舞蹈——

粮食的光芒开始点亮人心的每一个角落，大地的意义迅速铺开。每一颗粮食不断被放大，成为一盏灯，成为一颗星辰，照亮我们的每一个日子，照亮健康的生活，照亮爱情里圣洁而高贵的脸庞。

土地的真相开始呈现，它的奇迹不再沉默。开口说话，宝石和黄金无处不在。

请听，我的声音像天籁，与大地的话语如出一辙……

民　谣

我总是躲在城市的缝隙里，逃开现代文明的追逐，潜入民谣的深处。

这是星光灿烂的夏夜。此刻，我的灵魂幸福而疲惫地躺在民谣的腹地，青草和泥土的气息迎面扑来，遥远的水缓缓地铺开，将我淹没，将我覆盖……

是的，有村庄的地方都布满了民谣。这是乡间最富饶的饰物，在风雨中叮当有声；这是民间的经典，你不曾深入它的内核，不曾拜谒那亘古的图腾，你就不能破译出它的暗示。

因此，我总是在朝向村庄的路口等待着民谣的恩典。红尘之间，我看见民谣绽放着智慧的锋芒。那些善良和安详的音符，洞穿灵魂，在我们的头顶飞翔，击落那些在虚空中漂浮的思想。

民谣总是隐藏在大地的深处。而我们往往要在痛苦和疲惫的时候，才听到它回荡的心音，触摸到它色彩斑斓的边缘。这时候，我们打开民谣的花朵，四溅的恩泽纷纷扬扬。是的，民谣总是以最后的形式绽开，抚慰我们受伤的灵魂。

然而，村庄离我们愈来愈远了，民谣逐渐地退却、隐匿或者流亡。民谣之外的歌声，被宠爱和纵容。散落在城市的民谣，总在现代文明的喧闹中默默无语。今夜，我手捧盛满民间歌谣的杯盏。凝视着它燃烧的姿势，所有的恩情和爱恋，流进我深刻的心情。一段蒙尘的岁月，被民谣温柔地擦拭，闪烁起金子般的光芒。此刻，我泪流满面。

汗水浸泡的民谣，是祖先在大地上留给我们的财富。有谁能真正听懂民谣的呼唤呢？我幸福地抚摸着一片片民谣的叶子，让苦涩和绚丽，缀饰我曾经丰厚的思想。请听，这逐渐远去的歌声，就这样带走我一生的依恋。

于是，我明白了今夜的民谣为谁而吟，点点滴滴的忧伤，在旷远的回响中升起警世的预言。

我们要以这最后的民谣，护卫万水千山。

附　录

生命经验的诗意表达

罗会珊

作者刘鹏程追忆童年的“水”散文系列，再现了一个个诗化的存在境界。作者以唯美情怀，拾掇一个个闪烁着个人生命经验的碎片，并且借助最具审美可能的意象和符号——水草、水鬼、水鸟、帆船，重现返璞归真的童心和圆融通透的生命智慧。在这种重现过程中，作者生命个体审美记忆、诗性思维和情绪，得以自由自在地表达。

在这一组散文中，作者所依恋的，是生活的本原，是朴素而又纯粹的心灵寄托。《水草像炊烟摇曳》中，水下的世界是童年生命的颜色，那么的透亮。与水伴生的“水草”，柔软、洁净，有旺盛的生命力。“炊烟在每一个游子的内心永远是故乡和母亲的代名词，是温暖和亲切的象征”。而水草，像炊烟一样，“摇曳在我的故乡，摇曳在我故乡的湖水里，依然摇曳在我的心里”。这种将“水草”叠拼或化入在“炊烟”之象上，有一定的独创性，实现了立体的回望和审视，看见了“炊烟”，就会想到“水草”。从另一方面看，这种写法，增强了审美客体“摇曳”的动感，这种动感摇晃着作者的心灵，因而作者对故乡的思念越浓烈。

对于《水鬼真是个鬼》作者说，“在童年的心里，我一直是以水鬼为敌”。“因为在我故乡的湖湾里，传说就是它夺去了我一个伙伴的性命。”童年的智慧，在于率真，在于源自于

童心世界里倾听的想象。

“我从来就没有真正地接近过一只水鸟，它们始终让我们之间保持着一定的距离，让我有一种距离感。”作者生命经验是具体可感的，作者尽可能捧出审美记忆的珍藏，艺术地表达其中的趣味。但生命经验的诗性表达，在于提升、点化生命经验的审美因素。只有如此，才能完成作者心灵的重构。刘鹏程这组散文因“水”而生，因“水”而发。“水”是每个意象符号的承载物。而每个符号的单个意象又组成水的意象。作者在意象的提升审美趣味中，总是意识地因循时空变化而自觉地调整审视距离和审视角度。《水鸟》的诗性在于，“我”和水鸟之间的望而不达，才有了辽阔的空间审美欲望和美的生活想象。“我曾经在那里面亲近过各种各样的鸟，但没有哪一种鸟能像水鸟一样，带给我丰富的感觉，开启我最远的想象。”字里行间，自然流露出感恩的情怀。这种情怀具像是“水鸟”之一的白鹭。“在寒风中，只有白鹭，点着瘦瘦的、高高的双脚，在水边辛勤地觅食。在这样的场景里，我会想起弯腰点种小麦的母亲，令人忧伤。”作家如此点化，读者也为之动容。

作者的诗性思维和情绪，最重要的是依靠个体生命直觉的体悟。《消逝的帆影》中的留恋“帆船”，为什么木质的？因为那是有原生态的真实和质朴；“桅是笔直的，它支撑着风帆”，而帆是一种旗帜。所以，“我们在岸上可以没有房子，在水上却不能没有船。”生命经验的诗性表达如此深邃，富于理趣。

文学大师康·巴乌斯托夫斯基说过：对生活，对我们周围一切的诗意的理解，是童年时代给我们的最伟大的馈赠。如果一个人在悠长而严肃的岁月中，没有失去这个馈赠，那就是诗人和作家。

梦幻童年之颂歌

黎在珣

童年如同一部交织着自然的人生经典，总是引来一代又一代诗人作家摩肩接踵的抒写。岁月虽然让刘鹏程远离童年，但童年故乡的经历这个兼具母亲和情人双重隐喻的潜在文本在很大程度上影响着作家感知生活的方式、情感态度、想象能力、审美倾向和艺术追求等。

与现在的孩子煎熬着不属于自己的童年不同，刘鹏程有着完全属于自己的童年。童年时代故乡的帆影、水鸟、水鬼、湖水、那些“甚至比我们的村庄还要久远”的水草，和在村子里晃荡、跑到村子北头的树林里找鸟窝之类的作为，连同“故乡辽阔的土地、澄明的湖水和高远的天空”的空旷，“像夜空里打下来的露珠，正一点一滴地从草叶上”，渗透进刘鹏程生命的根里，给予他一生的馈赠。所以，作家念念不忘那个“浮在草上的村庄”，一再吟唱对童年的痴情，比如，“如果说野鸭让我感到亲切和温暖，大雁开启了我最初关于蓝天和辽阔的想象，那么，白鹭，这种洁白而瘦弱的水鸟，就让我的童年懂得了忧伤。”比如，“在一滴水（囚禁了包括母亲在内的水边女人一生香气）的面前，它隐藏得很深的蓝，决定了我沉默低调的生活方式和文字姿态。”这些忧伤的诗情让我想起葡萄牙著名诗人安德拉德谈到他的童年时说的一段话：“我的根在童年时就深入于最基本的世界，从那时起我保持着对简单明亮事物的热爱，这是我的诗歌致力于反映的；我也热爱白色的石灰，它一直搅拌着我的精神；我还热爱蝼蛄刺耳的歌声，热爱口语，这种赤裸的语言，没有华丽的辞藻，它表现出灵魂和身体的第一需要的沟通；从童年那里我还学会对奢华的蔑视，奢华是多种形式的堕落。”

与现在深邃在一望无边的喧嚣不同，作家在被放养的童年时代是“喧闹在一望无边的深邃里”。于是，他现在经常邀请童年单纯、幼稚而又瘦弱的喧闹超越时空来帮助自己抵御现时复合、成熟而强大的喧嚣。这样，尽管“面对城市坚硬的钢筋水泥，好久的一段时间，我丢失了一面镜子”，但清晰而透彻的湖水里“依然有我的影子，有我出发的影子，也有一条清澈的路，等待着我的回归”。也正是为了抵抗某些东西，抚慰自己疲惫的身心，作家经常深入童年的琐碎往事故乡的平凡事物里去寻找不平凡的奇特的和亮丽的东西。比如，秋天庄稼被农人们收割之后，农人也被空旷所收割，比如，秋收之后的大地，许多的秘密开始呈现，一切注释都是多余的，真理和谎言已经一目了然，比如“几根桅杆竖在船上，给人一种庄严的感觉，如果说帆是一种旗帜，那么桅就是旗杆了。”“舵是一艘船的方向，也是船的灵魂。”作家对童年、故乡这种充满个性的回顾和眷恋实际上是对精神家园的追寻。

一般来说，“当精神意义寻找到了适合于它的感性对象时，精神意义也就全面渗透到了感性对象之中；反过来，当感性形象已经能够被某种精神意义全面占有，寻找到了与它切合的精神意义时，感性形象也就成了精神意义的本身。”于是，“不久，白霜在突然的某一个夜里降落下来。我发现，这极像父亲母亲们头上稀疏的白发。”“当冬天，湖水退去，露出浅浅的沙滩，在寒风中，只有白鹭，点着瘦瘦的、高高的双脚，在水边辛勤地觅食。在这样的场景里，我会想起弯腰点种小麦的母亲，令人忧伤。”“我想，那宁静而辽阔的湖面，就像一张慈祥的脸，像我宽厚的父亲和仁慈的母亲。而那微微荡漾的水浪，就像他们的微笑。也正是这微笑，一直照亮着我此后三十余年的路程。”与岁月童年渐行渐远渐模糊不同，充满梦幻色彩的诗性童年渐行渐近渐清晰。充溢于诗性童年的是对童年的感激，慰藉，和童年不再的惆怅感。有了这些，就不会有但丁的困惑：在人生的中途，我忽然迷失在大森林里。难怪秘鲁作家胡安·拉蒙·里维罗说：“说孩子们模仿成年人的游戏，是不真实的，是成年人在世界范围内抄袭、重复、发展孩子们的游戏。”

刘鹏程的“水边”散文内容并不复杂，甚至可以说简单。但简单内容的背后所折射的是大自然的和谐、人与生态环境的友善，人和异类世界相处关爱以及对亲人的怀念。也许是因为作者诗人出身，文章语言才那么富有诗性，风格才那么抒情，色彩才那么梦幻，常常让人在不知不觉中沉浸在梦幻般的童年里。读这些散文，耳边响起俄国诗人沃罗申的吟唱：“让我们像孩子那样逛逛世界/我们将爱上池藻的轻歌/还有以往世纪的浓烈/和刺鼻的知识的汁液/梦幻的神秘的吼叫/把当今的繁荣遮盖/在平庸的灰暗的人群中间/孩子是未被承认的天才。”读这些散文，我想到了钱钟书的《窗》，我觉得童年就如同春天的阳光，中老年就如同窗户，破“窗”而入的童年如同长久过滤、发酵之后的酒，更浓厚，更醇香。中老年之于童年，有如窗子之于春天，框子之于画，平添诗意，凸显美感。一次童年的回顾，一次文明、优雅，甚至有一点儿清高与孤傲的回顾，就是一次纯真童心的回归，用俄国诗人尼古拉·马克西莫维奇·明斯基的话说就是：“心灵完成了一个伟大的循环/看，我又回到童年的梦幻。”在这个需要包装的时代，这个没有面具就难以活下去的时代，一次心灵的回归，实际上是一次心灵的疗养。

以水为镜（后记）

其实我写这本散文集并非有计划的，也没有迎合读者的故意，而是我多年以来的自言自语或内心独白，近乎盲目的抒写。下面是我曾写过的一首诗，从这首诗可见我写这本散文集的由来。

他总在反复地说起那些水
那些蔚蓝，那些清凉
他说过那里，炊烟一样摇曳的草
子弹一样飞翔的鱼，以及
一丝不挂的少年
他说过那些鸟，那些
足尖点在水面快速行走的鸟
留下一声声鸣叫
水边啃草的牛，不时地抬头张望
现在他又在说
那就让他再说一遍吧，让他想说就说
他想痛痛快快地说，滔滔不绝地说
他想一句一句地说，一首一首
一篇一篇地说，说吧，说吧
如果有一天他不说了

那他一定是变成了那些水　那些

蔚蓝与清凉……

经历20多年的业余写作过程，我发现，自己的文字总是无法摆脱泊湖的纠缠，始终被水的光芒照耀。一直以来，我的诗里到处都是水的影子。因为那些水的影子总在我的心里晃动，到现在愈来愈清晰，愈来愈具体，所以我现在选择散文的方式呈现。

我无法拒绝水，因为我出生在泊湖边。在我的家乡，泊湖、黄湖、大官湖、龙感湖四大湖连成一体，构成烟波浩渺的辽阔水域，湖水的洗礼令我感恩。水几乎包含了我生命的全部。我用文字把我所拥有的一切与水联接起来，我就找到了生命的根。我的父母一生都与水为伍，是水让我的父母一生慈悲、透彻，是水荡涤了父母一生的辽阔和芬芳。他们把我的根种在水里，然后他们自己埋在了水边。

因此，我所有的纠结和梦想都与泊湖有关，与水有关。湖水、江水、雨水、洪水、泉水、露水还有霜雪，甚至泪水，一起塑造了我的文格。我总是无意识地蘸着这些水抒写我对世界的理解，对生命的理解。童年水边生活的经历，成为我潜意识的逻辑起点。仿佛人生就是一条河流，从我的童年流来，从泊湖流来，从我的故乡流来。是水的照耀让我的文字有时灵光乍现，是那荡漾的水赋予我创作的想象力。即使后来来到干燥坚硬的城市谋生，水永远是我生命的符号。它让我湿润和柔软，并抵达纯净与清澈。我是以文字的方式逃离，并潜回水边，实现精神的还乡。

其实水就是我终生携带的一面镜子。我常常用它来找寻自己内心的杂质，用它来审判我的混沌和无知。甚至狂妄，试图用它来审判这个世界的杂乱和无章。

这本散文集所包含的文字，实际上承载了我童年湖边生活的回光返照，我的乡愁，我逃离苦难寄情山水的痕迹。即使有一些自吟自唱的文字，或者对一些人像的描摹，也无法逃脱水的照耀或者审视。

这本集子的篇章大多数已经在一些文学刊物和报纸副刊发表过。但我知道，这些篇章结集在一起，并没有妥帖地说出泊湖，也没有恰当地说出我对水的理解。希望读者包涵，欢迎读者批评。同时，感谢著名编辑家朱移山老师对这本散文集的出版所作的帮助，特别是著名作家许辉老师为拙作作序，我从内心表示深深的谢意！

作　者

2011 年 6 月 29 日

图书在版编目(CIP)数据

泊湖的密码/刘鹏程著.—合肥:合肥工业大学出版社,2012.3
ISBN 978-7-5650-0681-4

Ⅰ.①泊…　Ⅱ.①刘…　Ⅲ.①散文集—中国—当代　Ⅳ.①I267

中国版本图书馆 CIP 数据核字(2012)第 032239 号

泊湖的密码

刘鹏程　著　　　　责任编辑　朱移山

出　版	合肥工业大学出版社	版　次	2012 年 3 月第 1 版
地　址	合肥市屯溪路 193 号	印　次	2012 年 3 月第 1 次印刷
邮　编	230009	开　本	710 毫米×1010 毫米　1/16
电　话	总编室:0551-2903038	印　张	11
	发行部:0551-2903198	字　数	142 千字
网　址	www.hfutpress.com.cn	印　刷	合肥现代印务有限公司
E-mail	hfutpress@163.com	发　行	全国新华书店

ISBN 978-7-5650-0681-4　　　　定价:38.00 元